Sangue del mio sangue
di Claudia Ronchetti

Sangue del mio sangue
© 2008 Claudia Ronchetti
© 2014 Riccardo Condò Editore
ISBN 9788897028109
Stampato da CreateSpace (USA) su licenza di
Riccardo Condò Editore

Ipersegno è un marchio editoriale di Riccardo Condò Editore, Popoli (Pe) - Italia.

Claudia Ronchetti

Sangue del mio Sangue
romanzo

IPERSEGNO
Riccardo Condò Editore

Indice

Prefazione

Sangue del mio sangue *rappresenta un elemento fondamentale nella narrativa di Claudia Ronchetti. Il processo di ricerca e di trasposizione letteraria delle profondità della psiche, già perfettamente delineato nel romanzo* La pillola dell'oblio, *giunge ad una completa maturazione. L'autrice diventa una collezionista di incubi, una viaggiatrice che sceglie come meta delle sue spedizioni le caverne dell'anima.*

Questo romanzo, terzo volume della collana di Ipersegno dedicata a Claudia Ronchetti, costituisce a pieno titolo il capostipite del giallo psichiatrico, un genere che scavalca i consumati recinti letterari e si inoltra nei campi della saggistica e della psichiatria forense e criminale.

Milano, scenario degli eventi narrati, diventa gotica grazie alla penna dell'autrice che riesce a fondere strade, palazzi e luci della città con le ossessioni del protagonista, un affermato giornalista. Le vicende si accavallano e Claudia Ronchetti travolge il lettore con un magistrale waterboarding narrativo, che culminerà in un finale a cui si arriva stremati, sudati, in preda ad una agitazione che la narrazione in prima persona riesce a trasmettere a chi legge.

Riccardo Condò

Dichiaro ogni riferimento a persone o fatti realmente esistenti del tutto casuale.

Dichiaro inoltre, qualora qualcuno dovesse leggere di sé tra gli spazi delle mie parole, completamente in errore, poiché fatti, parole e persone sono nati, vissuti e morti solamente nel mio immaginario.

Claudia Ronchetti

Antefatto

Penso che tutto nasca da un'idea sciocca.

Per esempio il mio mondo eterno che diventa piccolo.

Come una testa di mummia, un trofeo pellerossa impalato tra cielo e deserto. Arrostito dal fuoco del giorno, congelato dai geli delle notti.

Penso che tutto nasca dall'idea sciocca che ieri oggi domani vengano uno dopo l'altro.

Il freddo mi circonda, il vuoto mi strangola, non ho lacrime che mi dicano ci sei.

Di me non mi importa; sono indifferente alla mia disperazione, mi guardo soffrire e non soffro, mi guardo vagare per le strade della mia città a cercare di cancellare i miei passi, a cercare di cercare qualche accidenti di cosa sia Io.

E sorrido.

Penso che anche l'idea che ha avuto Dio nei suoi giorni di noia sia sciocca.

Un universo espanso che si contrae, piegato dal suo dolore.

Il dolore di Dio.

Si fa piccolo e imprigiona la sua libertà. Raggrinzisce in montagne e piange tutti gli oceani della terra.

In fondo sai che è proprio per questo che ti odio. Perché non mi hai concesso di amare.

Perché hai voluto che io fossi per non soffrire da solo.

E tu che hai preteso di camminare al mio fianco per anni incalcolabili, anche tu non mi hai permesso di amarti.

Per questo sono indifferente alla tua sofferenza come alla mia. O per amore di onestà devo ammettere che la tua sofferenza placa il mio animo. Assetato di vendetta, ammaliato dal piacere della ritorsione come ora sono.

Io contro Dio, io contro di te.

Io contro di me.

Io come Dio. Tu come noi.

Così troverò la mia soluzione.

L'amore ha consistenza di creta bagnata, si plasma e trasforma, diventa fauci di pantera, diventa serpente, diventa il sorriso beffardo di Dio che gioca a spostare l'esca e ce la sottrae mentre stiamo affondando i denti nelle sue carni.

Comunque ne era passato di tempo, quando ho incontrato un monaco.

Mi si avvicinava con passo preciso, abituandomi in breve all'idea che io fossi la sua meta.

Il tempo della mia vita era passato in un pugno di ore e lui mi aprì il suo e rovesciò il riso che stava stringendo.

Ho visto il mio volto e il suo a confronto; non avrei saputo quale delle nostre vite fosse stata più viva.

So che avrei voluto urlare più forte di Dio. Lo volevo sfidare volevo che lui finalmente mi dimostrasse che ieri oggi e domani non sono in quel pugno di ore.

E il monaco mi guardò negli occhi e disse

"Perché hai contato il tuo tempo dalla fine? Perché hai ostinatamente voluto prepararti a morire? Quando verrà il tuo tempo morirai…"

Ho guardato le luci della città sotto di noi, tremavano d'eccitazione.

Ho sentito il buio della notte muoversi intorno e i rami alitare e il tuono lontano.

Ho aspettato accanto a quell'uomo in silenzio e ho chiuso gli occhi per vedere l'acqua e sentirne il sonoro e odorarne il profumo d'alga.

E ho capito o almeno credo, che l'eccezionalità è solo un punto di vista.

Ma questo era l'inizio della storia.

PARTE PRIMA

Capitolo primo
Ipotesi per un conflitto

E anche oggi mi manca il fiato.

Mentre guardo le foto della cerimonia.

Risale a qualche anno fa forse una decina o forse molti di più.

È sempre strano constatare come il tempo si contrae o si dilata quando finiamo senza nessuna volontà dentro i nostri ricordi.

E i tempi lontani scavalcano la memoria più recente e sfuma l'indimenticabile e si staglia nitida invece l'inezia, il particolare che sembrava banale e si ingigantisce soltanto a uno scopo: nascondere nascondere e nascondere ancora, non so cosa.

Chissà cosa...

Ma è inutile filosofeggiare passandosi tra le mani una qualche piccola considerazione ridotta a una palla di carta compressa che saltella dal palmo di destra a quello di sinistra così, tanto per perdere tempo.

Mi chiedo ora dove mi abbia portato quel matrimonio e che senso abbia avuto.

Ora mi chiedo perché ho accettato quel matrimonio.

"...Nella buona e nella cattiva sorte, in vecchiaia e povertà, in ricchezza e malattia... finché morte non vi separi."

Io ho voluto che fossero pronunciate le parole di rito.

Ho promesso e accettato di vivere insieme fino all'ultimo atto.

Ora, con il fiato che manca e una caverna scavata nell'anima, mi guardo allo specchio e cerco di ricordare com'ero quel giorno.

Forse sorridevo. Forse la salute mentale mi aveva abbandonato.

Sarà stato il figlio mai arrivato che ci ha allontanati.

Eppure eravamo in attesa.

Una gestazione oltre ogni limite, mai nato, ma annunciato.

Mai nato eppure concepito.

Nessun aborto.

Non era il messia!

Ora io non aspetto più.

Lei…

Di lei non so dire.

Lei sì che è pazza.

Dice di amarlo e conoscerlo. Dice di avercelo dentro e che un giorno nascerà.

Penso che tanto si attacchi a questa convinzione che neppure lo vorrebbe nato.

Da accudire e toccare.

Non credo lo vorrebbe di carne, non credo amerebbe la dedizione che un figlio ti strappa, volente o nolente.

Ma la stanchezza mi prende e guardo le foto.

Abbiamo vissuto questi anni chiusi in una stanza.

Così mi sembra.

"Adesso che ci penso… chi ha scattato queste foto?"

Chi era il fotografo? Che faccia aveva?

Non lo so.

Non lo ricordo come neppure fosse esistito.

E almeno i testimoni… almeno quelli…

Una vaga immagine.

Ne ricordo i colori degli abiti o meglio vedo colori che si mischiano in una tavolozza.

Ma i colori potrebbero essere solo macchia di memorie d'infanzia.

Un prato e un papavero, un cielo o qualcos'altro.

Le foto di un matrimonio di qualcun altro. Cugini zii amici dei miei genitori…

Vedo un cumulo di fogli da calendario strappati e gettati e via ognuno più in alto e poi la mia mano rimesta e l'ultimo viene sepolto dai primi.

Eppure se osservo lo specchio vedo lei.

Nitida e bella come tuttora la desidero.

Ne ricordo il corpo felino e la voglia che sprigionava, gli occhi di giungla la fame fra i denti.

Lei chi era?

Dove ho pescato l'immagine del suo viso preciso e definito come solo il desiderio sa essere?

Oggi ho preso in mano le foto della cerimonia per un motivo.

Lei è entrata e mi ha rivolto queste parole.

"Puoi lasciare questa stanza. Nostro figlio è nato. Ha bisogno di un luogo dove vivere. Quindi devi lasciargli il tuo posto. Prenditi pure qualche ora e vai… Un'altra cosa volevo dirti: mi vedi bene? Vedi la mia faccia? Bene, non sono più il tuo sogno d'amore. Puoi continuare per i fatti tuoi."

Non credevo nell'arroganza di un sogno, non pensavo che una donna vista camminare su un prato in un giorno d'estate più bella e più forte del grano alle spalle, più inventata di una foto realista, non credevo aprisse una porta per entrare. Certo, ho visto bene la sua faccia. Vecchia faccia da troia in disarmo.

Ora guardo le foto, ma ricordo quando lei truccava le sue labbra e schiudeva quella bocca e ogni uomo pensava che fra i suoi denti c'era il sogno dell'amore.

Prendo in mano altre foto. Lei nuda che chiedeva.

Cosa chiedesse io non ho capito, ma allora credevo di saperlo esattamente.

Sono arrivato ad una conclusione.

La cerimonia non è mai esistita.

Quella donna mi è rimasta nello sguardo, appiccicata sugli occhi dopo averla sognata sfogliando qualche rivista porno da ragazzino…

Mi sfrego le palpebre… ora mi sveglio.

Adesso mi viene a dire che abbiamo un figlio.

Ma quando? Ma quando sarebbe nato?

Mi sfotte o mi vuole pazzo o mi butta addosso il suo disprezzo in questo modo, come se non ci fossi mai stato, come se non avessimo mai condiviso giorni e ore in questa stanza.

Perché forse è mia moglie…

Guardo le pareti.

Si alzano intorno eppure non esistono.

In realtà non esistono.

Ma la storia del figlio, almeno quella, me la deve spiegare.

Forse è la forza del pensiero, forse possiedo poteri paranormali e cammino nello spessore di un muro. O forse la mia ossessione si materializza in quattro pareti, un perimetro e l'area del pavimento. Un cubo spoglio come la prigione. E la forza del mio pensiero è soltanto follia. Eppure ora sono fuori dalla stanza.

In auto che guido su una strada dritta e stretta, fra il bianco della neve ghiacciata e il grigio del cielo madreperla, e un sole lunare che spia e i fari delle altre auto che mi corrono incontro.

La pace mi calma. Materna - mi guida sulla strada.

Da tempo non la provavo, anzi è una pace che mi ricorda l'infanzia…

Ho perso anni di serenità, ho guadagnato un labirinto da cui è difficile uscire.

"Forse non voglio, dubito, forse ho paura di trovarla, l'uscita. Non so fuori di qui cosa c'è…"

Tutto è successo in un attimo e se qualcuno mi stesse guardando direbbe con la sua bella dose di presunzione

"Bastava un gesto, uno solo. Bastava varcare la soglia di casa e chiudersi la porta alle spalle" e ancora insisterebbe "Ma come non ci sei arrivato prima? Impossibile!" e poi ancora, perché risulti chiaro che il pirla sono io, solo io.

"Io ad esempio avrei fatto…"

Ignorando il suo labirinto per ficcare il naso nel mio.

E il seguito me lo risparmio.

Ho problemi più importanti.

Del figlio per esempio, di quell'affermazione assurda e patologica esigo ogni dettaglio.

Dove posso trovarla?

Dove e come la cerco?

Al pensiero di lei, si risveglia in un angolo in basso, a sinistra nel cuore un ritaglio di foto.

Era bella come la vita.

Quel ritaglio duole.

Non è lancinante, ma mi costringe a piegare in avanti, sul volante.

Respiro profondo e fatico.

È dolore sordo. Dolore pesante di peso reale.

"Accidenti, è un infarto" penso.

Ora muoio e non so neppure se ho un figlio e che figlio, quanti anni ha e dov'ero in tutti questi anni passati di cui non so nulla.

E forse capisco. Per questo ho rispolverato le foto.

Il corpo sa quello che la ragione si nasconde.

Sapeva che stava per cedere.

È quasi buio. Un tramonto d'inverno.

Una festa di luci pochi metri sopra di me, un corridoio davanti. Pulsa di fari accesi, disorienta con il buio improvviso quando svaniscono mentre un secondo fa avevano catturato la vista.

Vittima di un'ipnosi iridescente, stordisci.

Rimpiangi gli occhi di una pantera che non hai mai conosciuto ma pensi che se infarto deve essere sarà in una sarabanda di luci artificiali.

"E non saprò di morire" mi consolo.

"Sognerò Las Vegas e un'overdose".

Muori nella notte mentre il mondo intorno vortica eccitato, ti spazzano via al mattino ripulendo le strade e magari ti macinano e ti finiscono in un inceneritore.

"Meglio che la cremazione ufficiale" ragiono "È triste".

E guardo con rabbia le auto che incrocio e nel buio dell'abitacolo cerco di intuire la faccia del guidatore

"Succederà anche a voi!" gli dico con astio.

Oltre il vetro chiuso. Il volto dell'altro poco più che intuito al di là di un altro vetro bombato. Leggermente deforme.

"Non può essere che si lasci la vita così, senza neppure sapere se è stata." Torno in me appena il mio nemico mi ha incrociato.

Me lo lascio alle spalle.

"Con un figlio che è solo una parola". Proseguo cercando di tradurre in ragionevoli fatti gli assurdi d'anima che stavo sperimentando e la violenza che avevano generato dentro e sopra di me...

Figlio.

Amore.

Matrimonio.

Le foto fra le mani.

Tutto qui.

Tutto niente.

Mi determino a scovarla, fosse anche l'ultimo atto.

Il disturbo intanto è passato. Il dolore tra stomaco e cuore si è sciolto.

Transitorio.

Non voglio ammettere che sia stato dell'anima, l'anima è una fiaba.

E sono vivo - niente di fisico.

Sistema nervoso.

Quindi condizionabile.

Quindi mi ingoio quaranta gocce di una benzodiazepina qualsiasi. Rimedio ormai antico come la camomilla calda della nonna nelle notti in cui il sogno è in subbuglio e produce orchi assassini.

Quindi, proseguo con deduzione che mi pare logica, non è mai esistito.

Questa deve essere la mia convinzione da qui alla resa dei conti.

Non devo pensare alla faccia di mia moglie.

Disgustosa.

Le carni molli, i solchi segnati, gli occhi troppo scuri ormai. Torbidi come una pozzanghera dopo giorni di pioggia.

Fangosi.

Troppo per un volto che ha perso la luce.

Quando una troia è giovane e bella ha il suono silenzioso di una poesia che nessuno declama, ma ogni uomo intuisce; quando è vecchia e i suoi occhi non promettono nulla è carne da inceneritore.

Devo solo sapere cosa andava raccontando quando ci siamo incontrati poche ore fa.

Cerco una direzione e la troverò.

Per ora faccio benzina.

Vedere in faccia il benzinaio è impossibile.

Incassato nelle grosse spalle un po' curve, un berretto blu calcato fino all'inverosimile.

Rivolto sempre in un'altra direzione.

La sua attenzione deve essere concentrata sullo scopo. Non vedere in faccia i clienti.

Mi sarei innervosito solo ieri. Oggi no. Oggi ho un obiettivo e gli chiedo

"È passata una donna su un coupé rosso?"

Mi risponde scrollando la testa in segno negativo.

Indifferente come se gli avessi rivolto una domanda normale.

Pago.

Sto per andarmene.

Ma non è normale. Non è una domanda normale. Cosa sta nascondendo dietro la sua indifferenza?

Blocco l'auto e scendo.

"È sicuro?" lo minaccio.

Si indispettisce all'istante.

"Cosa vuole da me?!" mi urla.

Suonano il clacson un paio di uomini dietro la mia auto. Nervosi.

Salgo e imprecano.

Freddo. Gelo. Buio.

Però sto bene.

C'è tanto spazio intorno, tanto da essere vuoto.

Respiro con un piacere ambiguo, ma intenso.

"Dove si sarà cacciata?" me lo domando mentre inseguo con gli occhi le scie luminose delle altre auto.

Il riscaldamento è alto. Sudo. Anche questo mi piace.

È estate qui dentro.

"D'estate in collina puoi trovare le lucciole."

Pochi giorni all'anno sciamano senza porsi il problema di sfidare le comete.

Lungo i fossi, sulle strade a tornanti. Ci si può perdere a seguirle nel volo basso, ondeggiante.

Pochi metri sull'erba e nel buio. Come chi non sa dove andare ma poco gli importa.

Anch'io non so perché, ma devo cambiare direzione…

Accosto e inverto la marcia.

È un attimo e sono in collina.

Cerco lei.

Ma giro un'ora come un idiota e di lei nemmeno l'ipotesi.

Chiedo in un bar.

Mi sento un povero cretino.

"Non sto rincorrendo una donna che non mi ama: Non lo farei Mai!" ma lascio perdere. Come al solito non faccio piazzate.

Mi sento la compassione degli altri appiccicarsi contro il cappotto.

Meglio così il panno mi isola.

"Fosse estate davvero ce l'avrei sulla pelle."

Ecco l'utilità del vestito. Calore e privacy.

Un inno al pudore del corpo e dei propri pensieri.

Alzo il bavero del cappotto in un gesto istintivo.

"Fatevi i cazzi vostri". Ma io non faccio piazzate.

Ridiscendo in pianura. Scruto il piazzale di un ipermercato

con la pia illusione che nel buio della notte sfolgori un coupé rosso. Lampeggiante e irriverente come lei. Com'era un tempo.

Parcheggio e scendo in mezzo al trambusto.

Provo un gusto sottile ad agire senza pensare.

Non è certo lì dentro, ma cammino evitando l'anarchia dei passi degli altri.

Sembra che io sia l'unico ad avere una direzione e mi risulta paradossale.

Gli altri ondeggiano, esitano, tornano sui passi appena fatti, si fermano a guardare il soffitto.

E scopro la differenza. Ho una linea tracciata che ha me come punto di partenza e trovare mia moglie come punto d'arrivo.

Cammino perché cerco, tutto qui.

... E guardo in basso.

Non vorrei cogliessero sfumature inesistenti sulla mia faccia.

O che se le inventino.

"Guarda quello che aria infelice!" Diventerei violento a sentire ronzare intorno frasettine di genere.

Non sto cercando lei! Vorrei urlare.

Non è vero. Ve lo state inventando che io la rincorro come un uomo finito farebbe al mio posto...

Questo deve essere chiaro a tutti.

Potessi urlarlo qua in mezzo!

Non amo l'equivoco.

Voglio solo sapere che cosa significa la faccenda del figlio.

La cerco per conoscere la verità.

Ma loro cosa ne sanno!? E io non posso permettermi sceneggiate. Finirei invitato a uscire dalla presa forte di una guardia giurata. Figuraccia. Non posso permettermela.

I figli ce li hanno seduti nei carrelli, le gambe penzoloni, annoiate-irrequiete.

Oppure sono lontani, ormai hanno la loro vita - i loro figli

21

sono un problema - i figli non danno soddisfazioni... e via, e via, a versare luoghi comuni nei loro bicchieri puliti.

"Ecco potrei comprarmi una bottiglia di Vodka! Perché no?! L'idea mi è venuta soltanto a vederla."

La prendo dallo scaffale.

Cosa ne sanno loro di un figlio che aleggia sulla mia testa e ne raffredda i furori, e gela le spalle, le braccia. E solleva una brezza irreale come il battito d'ali di un arcangelo!

Sulla mia testa... inospitale come il Paradiso.

Ma non possono capire.

"Raggiungo le casse e me ne vado. Questa scalda per lo meno."

Cammina e cammina è una favola antica recitata tra scatolette e detersivi.

Osservo che vanno diradando. Le gambe che brulicano sul pavimento chiaro si sono dimezzate.

Un carrello si ferma a pochi cm. dalle mie scarpe.

Sono lucide. Ci ho sempre tenuto ad avere le scarpe pulite.

Alzo lo sguardo e un uomo di mezza età e mezza altezza.

"Mi scusi accidenti. L'avevo scambiata per un altro, mi scusi ancora."

Lo scuso ma ne approfitto.

"Mi scusi lei piuttosto. Ha per caso incrociato una donna alta all'incirca come lei, i capelli scuri sulle spalle, vestiva di nero... gli occhi piccoli intensi... un tempo, non ora..."

Mi risponde reclinando il capo da un lato, con un sorriso minimo che trapela dalle labbra.

"Ha perso la moglie al supermercato eh? Succede: mogli bambini mariti, ma poi si ritrovano, stia tranquillo..."

E va.

"Un consiglio. L'aspetti all'uscita, le casse sono troppe e c'è troppa confusione, non vede come si sono addensati?"

Si allontana.

Per ora mi importa soltanto qualche sorso di vodka.

È trasparente come la solitudine.

Ha il sapore di alcool, quello della tristezza.

La berrò pensando ad un marinaio sbarcato in un porto militare affacciato su un mare grigio come l'acciaio. Senza onde e senza i riflessi regalati dal sole. Troppo basso sull'orizzonte. Fa freddo un vento dal nord mi taglia la faccia.

Ho avuto qualche attimo d'assenza. Ero altrove. Non so in che luogo, ma non era sconosciuto. La memoria compone ricordi che non sono stati.

Ne prendo atto all'improvviso guardando i numeri rossi che indicano le casse.

Lo stress gioca brutti scherzi e chiunque lo sa.

"Ma io non sono malinconico, anzi: determinato! Berrò la vodka per scaldarmi il cervello, mettiamola così" e l'ansia sarà vinta da una beata indifferente sonnolenza.

Capitolo secondo

"Fermati un attimo. Fermati!"

Mi ha raggiunto alle spalle.

Il carrello straripa neanche fosse una cornucopia.

È lei, mai l'avrei immaginato.

Per una frazione di secondo mi balena nel cervello l'immagine di mercantili e navi da guerra, grigie sul grigio del mare.

Davanti, la banchina d'asfalto.

Confermo è lo stress.

Poi concludo che è buffo, nemmeno lo conosco quel porto.

Un'immagine che non conosco e che si ripete senza motivo.

Strane connessioni nei lobi cerebrali.

Lei invece, realtà irritante di fronte a me, è struccata, grigiastra sotto i neon concentrati sulle casse.

"Hai il bancomat?" continua.

"Neanche per idea" le rispondo "anzi, tu devi solo spiegare e spiegare."

"Devo anche mangiare. Nonostante non siamo più insieme ho bisogno di fare la spesa. Sembra assurdo? Te l'avevo preannunciato. Non sono più un sogno."

Alza la voce chiedendo e richiedendo il bancomat.

Intorno mi guardano, sembrano accigliati, leggo rimproveri a destra e sinistra.

Io che nego gli alimenti! Questo pensano.

Se sapessero.

Tiro fuori il bancomat per evitare figuracce.

"Non va bene questa cassa."

"E perché?"

"Devo andare da quella cassiera bionda, i capelli raccolti, gli occhiali. La vedi?"

"C'è più gente. Ti fa lo sconto?"

"Non dire stupidaggini, ma se dico così ho un motivo."

Divento accondiscendente, non si contraddicono i pazzi.

Capirò l'arcano alla fine.

Siamo in fila, affiancati.

"Vuoi anticiparmi almeno il motivo di metterci in fila proprio qui?"

"La cassiera, quando smette il lavoro, si occupa di scienze occulte."

Lo stupore è alle stelle.

Lo dice con una semplicità sconcertante.

Perché è come dire

"Sai, devo passare in farmacia perché non ho più *valium*."

Lo dice così.

"Ho fatto la spesa e, accidenti, ho dimenticato la carta igienica."

Nello stesso modo.

"Cosa fa la cassiera?..." ribadisco. Forse ho frainteso e stava scherzando tanto per prendermi in giro.

"Te l'ho detto."

"Si occupa…" tiro per le lunghe "e tu… ti occupi…?"

"Di esoterismo scienze occulte magia bianca magia nera."

"Cosa!?" cosa devo sentire.

"Taci, siamo alla cassa deve consegnarmi del materiale."

Guardo un plico che passa da una all'altra e finisce nelle borse della spesa.

Un carteggio segreto.

Hanno l'aria indifferente e io attonita.

Taccio fino a quando non ha caricato la spesa nel bagagliaio.

Non chiedo e salgo con lei

"Abbiamo finito di giocare?"

"E chi ha giocato! Hai sempre questo brutto viziaccio di prendere tutto quello che non rientra nel tuo schema mentale come un gioco… Cazzate vero?" e mi guarda e mi pare sana mentre si accende una sigaretta.

"Avrà i denti ingialliti" penso.

È calma sembra volermi lasciare intendere che lei è cosciente di tutto e anzi si sente forte come chi ha in mano la situazione.

Fuma e non parte.

Mi guarda e aspetta.

Sono nervoso, mi sto esasperando.

"Vai via di qui!" le urlo.

"Calma, calma: e dove?"

"Dove tu mi possa spiegare…"

"Per quello che ho da dire va bene anche qui. Forza, chiedi."

Mi faccio forza, deglutisco e chiedo.

"Mio figlio. Le tue stupidaggini non mi interessano. Se ti ha dato di volta il cervello sono fatti tuoi, ma non puoi rovesciarmi addosso della fantascienza grossolana! Noi non abbiamo un figlio e lo sai! È la mancanza che ti ha fatto impazzire?"

"Come vuoi."

Non risponde e parte.

Un breve viaggio veloce sul silenzio.

E nel fumo.

Una sigaretta dietro l'altra.

Mi incuriosisce vedere dove andrà a parare.

E quando si ferma il colpo d'occhio è già parola svuotata di suono.

Collina bassa e notte fredda.

Penso che il ghiaccio non sia trasparente.

Forse, buio.

Luna piena e definita, senza l'ombra di un velo.

La pianura appena sotto, quasi il salto da un balcone.

Scivola via lenta, ma termina all'improvviso sull'orizzonte.

Il gelo terso non sfuma i confini.

Davanti all'auto un muro in intonaco si vede con chiarezza grazie alla luce della luna.

Le poche piante ad alto fusto si perdono nel buio.

Illuminate da 4 bassi lampioni alla base risultano scure in altezza, solo gli ultimi rami sfiorati dalla luna.

Dietro il muro niente.

O meglio un cimitero.

Lei si volta verso di me

"Hai pensato a come vuoi essere sepolto?"

Intanto camminiamo; sa che non ho paura; so che il suo è un semplice parlare.

La vedo tranquilla.

In certi momenti ritrovo la luce nei suoi occhi.

I tratti nervosi e selvaggi, marcati e armonici.

Com'era.

Sto al gioco.

Quassù siamo noi due.

Nevrosi ed eccessi scorrono lenti sulle strade della pianura.

La velocità delle auto rallenta, se vista in lontananza.

"Non ci ho mai pensato. E tu?"

"Io si. Direi che trovo molto naturale la sepoltura nella terra. Lo so può sembrare sgradevole, ma la vita continua."

La guardo e le sorrido.

Non ricordo più cosa ci ha spinti fin qui.

Eppure so che la domanda tornerà prima che io abbia il tempo di adeguarmi al silenzio rassicurante dei minuti successivi.

"Basta ora!" si ferma e chiude la parentesi di pace.

Sono passati 5 minuti esatti.

Ho guardato l'orologio al suo "basta" e lo riguardo ora.

Non è aggressiva, piuttosto decisa a chiarire finalmente.

"Tutti questi anni insieme" mi dice "e tu concludi che non abbiamo un figlio!" ha buttato la sigaretta sull'asfalto della strada dopo averla tirata e resa incandescente. La vedo morire sotto la pressione della sua scarpa e penso al cinismo con cui oggi potrebbe schiacciare una lucciola.

Su quella strada d'estate, un rigagnolo luminoso segue i fossi.

E lei le seguiva un tempo, con il lampo negli occhi prigioniera di altre luci nomadi come lei.

Piccole fiaccole di una processione nel buio.

Sto pensando che avrebbero dovuto fermarsi a una cappella qualsiasi, magari abbandonata, per un rito segreto che domasse il suo animo inquieto e sciogliesse il suo corpo nella debolezza di femmina.

Che cede, finalmente…

Ma non è questa la strada che devo aprire nei miei pensieri, soprattutto davanti a una donna che aveva tirato in ballo da poco più di un'ora magia bianca e nera e stati d'animo alterati in sfumature varie.

Non è questa la strada e ho la ridicola sensazione che quel minimo pensiero sovrapposto all'immagine di una notte estiva passata da anni abbiamo aperto un varco pericoloso fra me e la mente eccitata di lei.

L'avevo scordato, insieme all'ipermercato e alla cassiera con gli occhiali.

Insieme a quel plico di fogli scritti che le aveva consegnato.

Due menti eccitate, non una.

Ma chi ho di fronte è solo lei.

Lei e la parola che mi pare blasfema: figlio.

Cerco di ironizzare.

"Bene, mi ritrovo con un figlio-fantasma."

"Non sei lontano dalla verità."

Sono fulminato dalla logica di una verità che mi appare semplice come una rivelazione.

"Hai avuto un aborto! Un parto prematuro! Una gravidanza interrotta ancora prima che me ne potessi accorgere! Hai fatto seppellire qui il bambino e ora mi porti sulla sua tomba!"

"Non dire sciocchezze! Com'è macchinosa la tua verità!... e impossibile! Come avrei potuto e soprattutto perché avrei dovuto sobbarcarmi da sola tanta sofferenza."

Quindi sarei quello che perde di vista la realtà!

È un paradosso che sa di grottesco.

"Perché allora giriamo intorno ad un cimitero?" mi domando senza avere il coraggio di chiedere.

La notte si incupisce. L'ora è tarda.

Le luci delle auto in pianura sono più rade.

Per una frazione insondabile di tempo la mia mente è ostaggio di un'angoscia totale.

Per un eterno momento temo mi voglia uccidere.

Poi anche l'eternità si rivela confinata nel suo limite.

La semplicità della vita prende il sopravvento e so che in certe situazioni il pensiero ha un potere sconvolgente.

Sono attimi pericolosi e probabilmente ho davanti ai miei occhi mia moglie, la mia ex per amore della precisione, vittima di pensieri feroci che le stanno divorando il cervello.

Non succederà niente. Neppure riuscirò a capire da dove venga la sua affermazione.

Un figlio.

Mentre lo immagino prigioniero di un labirinto mentale, lo vedo un mostruoso Minotauro nascosto agli occhi degli altri.

Nessuno sa quali orrori nasconde il cervello di quella povera donna, un tempo così viva da essere bella, ora sicuramente preda della follia.

Ho pietà.

Eppure anche la pietà ha un tempo di vita breve, come le lucciole che si trovano d'estate lungo questi fossi.

"Nostro figlio è pericoloso! Non lo conosci perché non ho mai potuto farlo vedere in giro. Vive nascosto e..."

Non so se finisce la frase.

Ho orrore della coincidenza fra le mie fantasie e quelle poche parole.

I suoi occhi sono cenere incandescente.

Lucciole confuse in un mucchio mortale.

Io fuori di me.

Forse per la prima volta nella vita, mi assale una rabbia incontrollata che mi trasforma.

Non esiste più gelo che irrigidisce la mente e contrae il corpo rinchiuso a difendersi sotto il panno pesante del cappotto.

Nel viso il sangue riprende a fluire irruente, un torrente al disgelo.

Le strappo le chiavi che sta facendo roteare intorno all'indice della mano sinistra.

Non sopporto la sfida esibita in un gesto da nulla.

La prendo per le spalle stringendole fino a farle male. E forse l'istinto ha un limite perché avrei voluto spezzargliele.

Il mezzo è insufficiente. La forza che sprigiona una mano non può, sola, spezzare una spalla.

La spingo in macchina con un paio di calci.

La lascio cadere sul sedile. È leggera come una giacca.

La abbandono sul piazzale semivuoto del super mercato di fianco alla mia auto.

Ci salgo.

Accelero fino al fuori-giri. In contemporanea i muscoli mimici della mia faccia si contraggono neanche se avessi premuto il pedale sopra di loro. La pelle si trasforma in uno strato corneo spesso, duro e restio ad ogni accomodamento tanto che le contratture muscolari sembrano spezzarlo.

Un sisma mi sconvolge da dentro fino in superficie.

Capisco la terra e l'ira di vulcano.

Capisco le scosse e lo squasso di un sisma.

Non ne posso più.

Mi auguro che muoia al più presto.

E devo mettere spazio fra me e lei.

Spazio, tempo. Ma se lo spazio posso conquistarmelo, il tempo no.

Inesorabile conosce soltanto se stesso.

"Dovrei farla curare? Non ci penso neanche!"

Stringo il volante con forza e lo sento tra le mani. Il volto si scolora.

Posso essere libero, se muore.

Sono stanco.

Ho bisogno di riposare, pensare non serve. Non adesso.

Giro gli occhi a destra e a sinistra più volte.

Tutto bene tutto uguale.

C'è la strada, c'è poco traffico, la notte ha gli stessi colori di sempre.

Prendo atto di non possedere ricordo dei minuti trascorsi al ritorno, con lei in auto sul sedile di fianco.

Vedo un muro di buio, se mi sforzo la memoria.

È impenetrabile, per il momento, composto da mattoni di nulla pressato.

Deve essere il vuoto che lascia la rabbia quando se ne va.

Ha la consistenza della cartapesta e l'ambiguità di un giocattolo ritrovato in cantina, ma esiste il rimedio, è il riposo.

Poi sarà grigio domani, difficile con problemi legali e non solo.

Sperando che muoia nella notte.

Il mattino è già qui. Ci avrei scommesso. Una bella certezza dopo il pomeriggio di ieri.

Ho dormito profondo. L'ha voluto il mio corpo, per curare il sistema nervoso sottoposto a una sforzo eccessivo.

Ho dormito d'un fiato.

Come prevedevo fuori la luce è grigia, sembra faccia meno freddo.

Sul tavolo in cucina un biglietto della donna.

Non verrà. Non sta bene.

"E chi se ne frega!"

Oggi è giorno di avvocati. È ora di finirla. Se è pazza, che si curi.

La cucina è straordinariamente lustra e pulita.

Lucida nei suoi riflessi rossi e neri. Un ghiaccio sottile viscido la ricopre. Tanto è inutilizzata dalla mia solitudine.

"Non la uso mai, potrei anche licenziarla."

"Chissà dov'è?" risorge un angolo in me, che mi vuole parlare.

"Come sta?" insiste e me lo domanda come se per me fosse ovvio sapere.

"Non è ovvio per niente, non ho mai saputo, mai conosciuto. Me la sono ritrovata così, sbucata dal nulla con uscite sconvolgenti… mi ha lasciato di stucco, mi ha riempito di odio e dovrei sapere come sta?! Ma io non posso darle retta, lei per prima mi disprezza."

Ho paura improvvisamente che il mio folle desiderio si sia realizzato.

Ho paura. In quello stato… non sta bene…

"Cosa ho fatto?"

Niente ho fatto, oggi è giorno di avvocati e le streghe come lei hanno 1000 vite.

Quindi la prima cosa da fare è telefonare all'avvocato e chiedere un appuntamento.

Questo farò appena saranno le 9 e l'ufficio sarà aperto.

"Terrò d'occhio l'orologio. Voglio essere tempestivo. C'è poco da riflettere ormai."

Il tempo passa senza sovvertimenti, un minuto dopo l'altro.

Non ho ansie né ripensamenti e infilo il cappotto contemporaneamente allo squillo del telefono.

Una manica infilata e un braccio libero, rispondo. Il cappotto rimane appeso alla mia spalla destra come a un appendiabiti.

Con l'altra alzo il ricevitore; qualcuno cerca di qualcuno, ma non sono io.

Sull'ascensore mi accorgo di avere un paio d'ore prima dell'appuntamento con l'avvocato.

E se me le prendessi per rilassarmi facendo 4 passi?

Do un'occhiata fuggevole alla cassetta delle lettere e noto una busta rettangolare, sbieca dietro il vetro smerigliato.

Vado oltre, assomiglia a una bolletta o qualcosa del genere, la ritirerò alla sera.

Se non sbaglio ieri ho respirato profondo e l'aria per quanto inquinata sapeva di libertà.

Proverò a respirare.

Ho la certezza di inalare il mare madreperlaceo del riflesso in cui è affondata la città.

L'immersione è totale. Sopra le teste e i tetti, sulle guglie del duomo confuso nella luce prigioniera.

È bello. Ovattato. Da giorni non nevica ormai, ma quando cielo e terra si mescolano la promessa è nell'aria.

Riconoscerei un vecchio amico che non vedo dai tempi dei tempi.

Tempi dei tempi... probabilmente il liceo.

Oggi ricordo volti che non sapevo esistessero, non più almeno nella mia memoria.

Se ne incontrassi uno lo scoverei nei tratti invecchiati, nonostante la sua storia mi sia del tutto ignota.

Ho un potere indefinibile, oggi.

Vado oltre ciò che vedo e ci gioco, neanche fossi un bambino che gioca con le sue fantasie.

E tutto diventa semplice come la sua causa. Sono inaspettatamente libero.

Fuori da quella stanza, fuori da un mondo claustrofobico.

Non pensavo fosse tanto facile.

Imbocco strade antiche, viette dall'aspetto abbandonato, vie degli sfollati, vicoli di un ghetto lasciato di fretta dai residenti.

E non mi accorgo se gioco oppure è vero. In centro, a Milano, non ci avevo mai fatto caso.

Vetrine, nessuna.

Negozi, pochi.

Irriconoscibili.

All'imbocco della via, forse.

Non è chiaro cosa vendano.

Chiusi, tranne un paio.

Mi fermo a indagare con gli occhi fra il buio oltre la vetrina.

In primissimo piano, appoggiati su un legno chiaro non levigato, 4 dipinti di dimensioni ridotte.

In ognuno il ritratto di un animale da compagnia. Cane gatto pappagallino. Una piccola scimmia.

Altri due ugualmente ridotti, appesi al muro di smalto nero-opaco, collocati a pochi cm. dal vetro.

Due cani. Un bracco un pastore.

Sulla destra di chi guarda, a lato dell'ingresso, 4 gatti.

Oltre, il buio.

Nonostante l'ora in questa zona dimenticata dalla mia memoria e dalla città tutta, ancora non si vive. Gli orari sono diversi, sembrano a discrezione dei proprietari.

Ho incrociato solo una donna. Una vecchia con un cappotto grigio troppo lungo e una borsa nera. Era bassa, robusta, una spalla più giù dell'altra. Per questo l'orlo del cappotto sfiorava da un lato la caviglia e dall'altro saliva di diversi cm.

L'aria scorre lenta sulle mie guance rasate da poco, si muove pungente senza infastidire. Viene da una sola direzione, la fine della via. Sembra che l'abbia appena imboccata, come ho fatto io. Ma è più veloce, mi ha già raggiunto. Ha un profumo. Semplice profumo d'aria fredda.

Vicino alla vetrina del negozio, che neppure ha un insegna, gli ideogrammi rutilanti di un ristorante orientale. Unica indicazione luminosa per tutta la lunghezza della strada.

Mi allontano.

Faccio due passi nel quartiere nell'attesa dell'appuntamento con l'avvocato.

E si accende il negozio di cui poco prima cercavo di identificare l'interno. Luce fioca.

"Non è tempo di luci fioche" per questo faccio un paio di passi all'indietro, giusto per scorgere la figura di una donna bionda, i capelli scomposti sulle spalle, che già si allontana dalla porta dopo averla aperta con un giro di chiave. Noto un vecchio campanello sulla destra. Ottone brunito, pulsante centrale.

Entro e la porta risulta pesante sotto la spinta della mia mano.

Mi guardo in giro mentre la donna è tornata nel retro.

Un carillon suona ancora per avvisare della mia presenza.

E ancora aspetto.

Un paio di vecchie poltrone in pelle.

Un cavalletto con un quadro in cui il soggetto è appena delineato.

Una libreria a parete, mal conservata. Pochi libri, tanti spazi.

Una scrivania forse, o qualcosa di simile, sostituisce il banco di vendita.

Un vecchio lampadario a tre luci lascia in penombra la parte opposta del negozio.

Mi guardo in giro perplesso, perché quello è un altro mondo.

Lo penso e rigiro il pensiero per trovargli una base d'appoggio. Per questo probabilmente sto accarezzando con i polpastrelli il piano della scrivania. Oppure per vedere quanta polvere si è depositata.

Alzo la mano con il palmo verso l'alto e li trovo puliti mentre la donna mi sta rivolgendo il buongiorno.

Mi volto verso di lei e la vedo in viso. Porta gli occhiali, ha un'ossatura robusta slanciata. Il naso troppo piccolo per il volto massiccio. So che è la cassiera del supermercato. Neppure mi sfiora un dubbio.

Senza preamboli le chiedo cosa ci faccia lì ora, mentre ieri…

"Ieri cosa?" incuriosita, muovendo appena le labbra carnose di una piccola bocca, gli angoli capricciosi rivolti verso il basso.

"Ha un doppio lavoro?" le domando.

"A lei cosa importa?" è seria educata.

"Lei e mia moglie ad esempio… vi conoscete."

Risponde col silenzio, ma alza lo sguardo verso il mio senza sfida. Senza domanda.

Ha un accento non chiaro.

"Lei e mia moglie… vi conoscete…" ripeto.

Ancora mi guarda con iridi invernali. Contengono il riflesso del gelo di una distesa bianca, di neve indurita dal freddo polare, che neppure si scioglie al luce riscaldata dal sole. È basso - poco più in alto dell'orizzonte.

Vedo il mare grigio e immobile di un porto. Navi mercantili, navi militari.

Quello che mi segue e scavalca i miei passi. Mi si piazza davanti in certi momenti.

Perché non so.

Anche i piccoli occhi tacciono, bucando le lenti.

È ancora silenzio, ma non c'è provocazione. Omertà, direi.

"Allora, mi vuole spiegare?"

"Non sarebbe più opportuno chiedere a sua moglie?"

"Ma cos'è?! Un mistero?... Vero... quei fogli... quelle idee malsane che vi state scambiando."

Non so neppure dove sia mia moglie. Non so se è viva a pensarci bene.

"Non so dove sia. Non la vedo da ieri sera" ho l'aria di confessarmi, neanche avessi una colpa sulla coscienza.

Assurdo!

"Ci sono! Vede com'è semplice! E logico aggiungerei! Lei ha una gemella!"

Mi guarda e sorride.

Ha denti piccoli, bianchi.

Ci rimango male.

"Non è impossibile!" sostengo.

"Ma sbagliato" osserva diligente. "Ora mi dica se desidera un mio quadro."

Non ho un motivo se non il migliore.

Cercare di capirci qualcosa.

"Sono tutti qua o ne ha altri a disposizione?"

Si fa professionale.

"Normalmente dipingo da foto. I proprietari in genere vogliono il ricordo del loro amico, ormai morto. Lei ha una richiesta per caso?"

Ora mi scruta come volesse indagare o prevenire una mia mossa successiva.

Assume le caratteristiche di una persona concentrata. Ha sul volto l'espressione corrispondente al pensiero che in quel momento le percorre il cervello.

Palese.

Eccessiva la precisione con cui si dipinge sul volto l'idea che di sé vuole offrire.

Da questo comportamento deduco abbia qualcosa da nascondermi.

Mento.

"Sono entrato per questo. Ma il mio gatto è vivo e sta bene. Le porterò la foto." Non so come proseguire per non andarmene.

Esito e poi

"Però lo vorrei grande, un vero e proprio quadro. Importante."

"Significa che non apprezza questi ritratti. Li trova di poco conto perché non si impongono alla vista? Sbaglia, a volte sono proprio le cose che si scoprono col tempo che sono più affascinanti. E le più preziose."

Ora contrita quel tanto che si confà a una donna dal talento incompreso.

Forse passa il suo tempo libero a una scuola di recitazione.

"Tra magie e teatro" penso "bel mix di finzione".

E poi la strana attività di ritrarre animali soltanto o preferibilmente defunti.

Eppure è una donna indifferente, lontana sempre dal luogo in cui è. Gli occhi i gesti e quindi la mente, lontani. Altrove eppure presente.

Ma non sognante.

Fredda.

E attraente, nei suoi tanti piccoli difetti combinati per suscitare attenzione.

Dov'è sta la bellezza su un volto sbagliato in proporzioni?

Fitto di contrasti, allusivo di armonie da svelare.

Il corpo più snello di come l'avevo immaginato, ma non asciutto come mi era parso a un'occhiata superficiale.

La carne fatta di latte, morbida. Infantile.

Non saprei darle un'età, ma la penso giovane.

"Non vorrei sembrarle insistente" mi dice "Ma vorrei sapere cosa desidera. Devo dipingere, ho due quadri da consegnare al più presto".

Il seno è compresso da una camicia sotto-taglia.

"Nel retro ha altri ritratti?" domando senza curarmi di risponderle.

È paziente.

I fianchi più stretti delle spalle intrappolati nei jeans.

"Mi interessa" insisto.

Ancora una volta mi guarda - senza sorriso senza domanda.

Si dirige nel retro.

La seguo.

È una stanza piccola. Più piccola a vederla di quanto sia in realtà.

Poco illuminata da una lampadina fioca, una grande finestra su un lato oscurata da un telo pesante.

Nero - stinto.

"Siamo in guerra" mi guida l'istinto.

Ho la vaga sensazione di un salto nel buio da parte di un passato recente.

E da quello indietro e ancora indietro.

Un gioco di bambole russe.

Dentro l'oggi grasso colorato sfacciato di lacca accesa, via via la memoria si fa sempre più piccola e compatta.

Mi sento cadere in un imbuto senza fondo.

Con un colpo di logica violento che possiede la forza muscolare di un saltatore professionista, riemergo. È la mia forza, lo è sempre stata.

La confusione si vince solo così quando ti travolge con la violenza del caos.

Le pareti sono composte di tele, fitte disordinate.

Perché un pittore chiede il buio? mi domando.

Ed è l'uovo di colombo.

Una sala di sviluppo.

È anche fotografa.

Tutto chiaro, come sempre succede alla fine di ogni labirinto.

Al punto di arrivo, la figura di mia moglie.

In ombra anche lei.

Sono un lago di ipotesi sommerse finché ne affiora una all'improvviso, gonfia d'acqua ma ragionevole, finalmente.

Glielo chiedo.

"È anche fotografa?"

Ho l'aria di porre la prima domanda di un interrogatorio.

"È ovvio" risponde.

"È ovvio" replico con tono di ritirata.

E lei infierisce.

"Un pittore lavora spesso sulle foto."

Ha l'aria di non ritenere valga la pena di stupirsi di fronte al mia domanda da ingenuo-incompetente.

Quotidiana e noncurante.

Mi dà dell'ignorante in questo modo, del sempliciotto.

Quasi mi risento, ma è sciocco, lo so.

Nemmeno lo sa lei invece. Nemmeno sa che cosa mi è successo nelle ultime 24 ore.

Non lo può sapere.

Ho voglia di andarmene ora. Uscire da quel posto perché si respira un'aria viziata satura di odori e polvere, aria che non ossigena né polmoni né cervello.

"La guerra è finita. Dove crede di vivere?" continuo il mio parlarmi dentro, brutta abitudine. Da introverso. Da psicotico.

Non potrei del resto dirle quello che mi passa per la testa, mi prenderebbe per pazzo e non potrei darle torto.

Ma lei non sa, il pazzo non sono io; la pazza è mia moglie, la mia ex.

"... e pazzia genera pazzia?" mi domando nel caldo crescente del mio cervello in iperlavoro.

Vedo immagini, sequenze di film, vecchi, molto.

Bianco e nero, vedo Chaplin alla catena di montaggio. Erano tempi moderni.

Ora quegli ingranaggi sono solo la rappresentazione del mio cervello e il ritmo sale-accelera-corre.

Stop.

Dove sono non lo so.

Con chi sono non lo so.

E neppure perché sono lì, in quella stamberga fuori tempo fuori luogo, con una slava - mi pare venga dall'est ne possiede la lentezza e l'ambiguità - clone di una commessa all'ipermercato fino alla sera precedente.

E invece dipinge – dice - e conosce mia moglie - è sicuro, fa ritratti a gatti defunti e non so che altro.

Qui si soffoca, devo uscire.

"Io non sono pazzo. Con la mia ex è una partita di ping-pong. Lei mi butta la pazzia, vuole contagiarmi. Io gliela rilancio perché è sua."

Questa volta parlo e recito pure.

"Si è fatto tardi. Non me ne sono accorto - la conversazione era così piacevole."

Guardo l'orologio come avessi fretta, assumo un atteggiamento nervoso q.b., i gesti un pizzico concitati. Mi compiaccio di tanta perizia ed è vero che non ci si conosce mai abbastanza.

Ringrazio esco prometto un ritorno al più presto. Questo è vero, è nelle mie intenzioni.

"Sono stato bravo" concludo uscendo.

Basta un attimo invece, e so che non recitavo.

Avevo un appuntamento con l'avvocato.

Colpo in fronte col palmo di mano e riguardo l'orologio.

Avevo dimenticato un brandello di piccola, meschina esistenza.

Questa volta vedo l'ora.

Credevo peggio, sono in tempo se accelero il passo. Lo farei comunque perché più aumenta lo spazio fra me e quello strano negozio meglio sto.

Capitolo terzo

La realtà in certi casi non si rivela in un botto.

Forse sì quando corrisponde a quello che ci si aspetta.

E io mi aspettavo un cielo mattutino, invernale grigiastro ma lieve, mi aspettavo la gente per strada, mi aspettavo l'abitudine di una città che tornava a scaldarmi di vecchie e trite mattine, dove non vivi né bene né male e ti consoli con un cappuccino.

E poi vai, mezzo vivo, mezzo mai nato, dove la città ti sospinge.

La realtà oggi mi si mostra a strati. Si toglie un velo per volta e ogni velo mi lascia senza fiato.

Il velo è buio adesso, tagliato in uno chiffon nero così fine come il tessuto, impalpabile eppure fumoso. È vecchia cenere trasparente.

Un po' di fiato, quello che pensavo di trovare uscendo dall'antro claustrofobico dove la bionda e lattea commessa si diletta di pittura - è arrivato e svanito in un soffio di tempo.

Mi si chiude la gola come se facessi fatica a deglutire, ma non mi fa male.

"Non ho le tonsille infiammate" constato con soddisfazione in un accesso della mia cara, vecchia ipocondria.

La rispolvero con piacere, mi rassicura e mi aiuta a ritrovare me stesso.

Io sono anche questo, una fobia dietro l'altra come di dovere di questi tempi dove lo siamo tutti.

Ma lei, la mia ipocondria è la più antica; insorta fin dall'adolescenza, fa parte dell'anima più che l'idea del peccato.

Questa, lo confesso, ha poco attecchito. Troppo laica, troppo vaga e possibilista, non posso giurare neppure di averla.

Mi rendo conto in ogni caso di non avere tempo per il mio classico a domanda-rispondo, altra sindrome tipica dell'età dell'uomo post-freudiano.

Alzo gli occhi ed è notte.

Guardo intorno ad altezza d'uomo e lo spazio è vasto. La via stretta non è lì.

Le case trascurate fino al limite dell'abbandono sparite e spariti i pensieri di fantasmi giovani, della guerra finita, di una Milano abbandonata dal tempo che non trova la strada per raggiungere l'ora di oggi.

Sembra una piazza enorme, si intuisce l'eleganza degli edifici che ne segnano il perimetro.

Tira un'aria gelida, folate più intense dirette sul viso hanno una forza pari a uno schiaffo. Mi viene l'istinto di voltarmi, tirare su il bavero. Ho freddo e cambio direzione.

Stupisce non provare turbamento continuare nell'assurdo come se niente fosse e stupisce non sentire paura. Anzi un senso pratico rinnovato mi fa dire

"Devo chiedere a qualcuno dove sono."

La difficoltà è solo nel fatto che un passante non si vede neppure a cercarlo.

"Dovrò scovarlo a tutti i costi si tratta solo di muoversi."

Il buio è nitido, spazzato dal vento. Ogni cosa è talmente evidente che un giorno di media luminosità non consentirebbe.

E vedo un uomo, un vecchio, o meglio la sua sagoma più cupa della notte.

La piazza che in un primo momento era poco illuminata, quasi niente, ora è fitta di luci.

Ognuna fioca, ma i lampioni sono tanti e insieme sono un coro di smunte fonti di chiarore giallognolo.

Le stelle in cielo sono più violente, ancora più fitte.

Mi avvicino al vecchio malandato, avvolto in un cappotto lungo quasi a terra.

Lo fermo prendendolo per un braccio perché l'intuito mi dice che è sbronzo come è in realtà.

"Dove sono?" gli dico e non temo mi prenda per pazzo.

Nessuno può prendermi per pazzo in quel posto.

Se ne va in malo modo brontolando o ringhiando come un vecchio cane ombroso e si scrolla di dosso la mia mano come lo stesso cane avrebbe fatto con la pioggia.

"Passerà qualcun altro."

In lontananza un gruppetto di donne giovani. Le vedo belle e bionde sotto le luci, poco vestite ed eleganti, sento l'eco di un risolino straniero alle mie orecchie, sento voci dal timbro eccentrico, mi sento colpito nella mente da un'offerta che nessuno di loro mi ha fatto. Sono certo non siano prostitute e non so perché. Ma gettano la loro bellezza nell'aria e il vento me la porta, con un'umiltà mischiata a furbizia che non ho mai riscontrato in una donna. Mi stuzzicano, accarezzano la mia volontà e smuovono i miei sensi. E neppure mi hanno visto.

Ma è solo la mia immaginazione se mi appare il viso della pittrice, gli occhi ammiccanti, il sorriso ambiguo.

Abbordo una vecchia.

"Questa piazza è dei vecchi" penso e le pongo la domanda di prima.

Mi risponde in una lingua straniera senza dubbio slava.

"Cosa faccio?" mi chiedo.

Cammino!

Non ho scelta.

"Come sono arrivato fin qui arriverò da qualche altra parte."

Ci si abitua anche al paradosso se non si può fare altrimenti.

Decido di percorrere il perimetro della piazza senza farmi tentare da un ampio viale che approda fra i lampioni.

Non posso disorientarmi con un girovagare senza senso e la decisione più saggia mi appare ora quella di imitare l'animale.

Limitare un territorio e conoscerlo. Non andare oltre.

Alla fine della approssimativa circonferenza disegnata dai miei passi con l'attenzione che prestavo sui banchi di scuola, cercando di fare esperienza di ogni piede che scavalca il piede senza sentirmi ridicolo; il cervello deposto al centro, in sostituzione della punta metallica augurandomi che mantenga l'equilibrio; gli occhi adibiti a vedere ciò che in realtà non è di loro competenza, il movimento lento del mio stesso corpo; alla fine di questi pochi minuti trascorsi all'insegna di un ordine mentale posticcio, l'oltre arriva.

Invadente e sfacciato. Conturbante.

Ed è il cielo di notte che si cala nel mare.

Ce l'avevo alle spalle.

Mai dimenticare di guardarsi le spalle.

Mi trovo in alto rispetto a un porto che direi mercantile a giudicare dalla sagoma delle navi con i ponti liberi e scarsamente illuminati.

Sono fitte, non vedo navi passeggeri.

Il porto deve essere importante.

Sono sospeso sulla cima di una scalinata ripida, da dove si precipita su una strada che lo costeggia.

È il primo contatto con un passato non saprei se recente o lontano.

Ho visto quel porto.

O l'ho immaginato.

Mi concentro mentre il cielo rivela una decisa tendenza a schiarire.

Le stelle sono prime a sfumare.

Le navi si rivelano nelle loro dimensioni, nei colori spenti.

Fa freddo e l'alba non riesce a colorarsi.

Il mare rimane increspato a sfiorare le rive di cemento.

Il vento tira sempre.

Cerco di dedurre dalla sensazione che provo un'idea che somigli a una notizia.

Scendo le scale e un gruppo di marinai mi incrocia. Anche loro hanno freddo.

I visi accesi, gli sguardi azzurri a dispetto del mare d'inverno che hanno alle spalle.

"Ecco da dove vengo."

Un supermercato affollato e in mano la bottiglia di vodka.

Questo è un vero ricordo.

"Questo è ieri!"

Ma allora come è possibile la giornata che vedo spuntare senza che dimostri molta voglia di nascere?

Dovrebbe accendersi e invece scolora, dovrebbe venirmi incontro e invece indietreggia.

Quasi si vuole annullare sbiadendo fino a finire nella gamma del grigio.

Chiaro - meno chiaro, meno scuro - scuro.

"Non è proprio un arcobaleno..."

Un marinaio mi avvicina, ma è solo; mi chiede se ho vodka, parla inglese ma non lo è.

Mi chiede ancora del caviale.

"Non ne ho" rispondo biascicando quel poco inglese che so e intanto deduco di essere in Russia o dintorni e lo guardo mentre si allontana. È più alto di me una spanna. Aveva gli occhi tristemente scuri un attimo prima, e mi parlava scrutandomi.

Mi aveva scambiato per uno del posto.

"Proprio io, che non so neppure dove sono" mi riposo seduto sul muretto che costeggia la scala fra berretti e colbacchi dell'armata rossa, matrioske e galline decorate.

Guardo giù verso il porto e ci sono.

Il porto di Odessa. È sicuramente il porto di Odessa.

Lo riconosco ora che questa luce velata gli toglie la realtà si avvicina alla mia memoria.

E io sono seduto al limite della scalinata storica vista in un cineforum; quella da cui rotolava una madre e il suo figlio neonato.

Travolti dai tempi.

Il porto di Odessa, fra gli ultimi posti dove avrei pensato di trovarmi.

Che cosa mi ha spinto fin qui?

Non mi chiedo il motivo, non ha senso.

"Anzi il termine senso dovrebbe essere abolito, addirittura vietato nell'uso quotidiano." Vorrei dirlo ai marinai che scorrono sulle prime ore grigie di quello che pare essere un mattino, e a quello che mi ha chiesto la vodka.

Vorrei dirlo, ma già dirlo sarebbe un senso appiccicato a quel luogo, a quelle facce.

Il senso era nella bottiglia che avevo tra le mani in un supermercato invece.

È accaduto da poco e già il tempo se l'è ingoiato. Giù d'un fiato come si beve la vodka.

E quindi è l'uovo di Colombo.

Quella era la mia vita ed io sono ubriaco.

Luci e flash buio e fari, mia moglie pazza.

Poi il fumo - ovviamente dell'alcool.

Ora passa, mi stropiccio gli occhi per cancellare le foto antiche di quel porto insieme alle immagini virtuali che la mia sbronza ha aggiunto.

Non è bello tornare dopo i fumi dell'alcool, ma la luce è necessaria alla mente.

Vedi tutto a due dimensioni, manca la profondità e non sai se manca alla vita o ai sogni da sbornia.

Che schifo!

Ora mi faccio schifo e piango proprio come un bambino.

Mi perdono, ora so che la botta è stata forte. Un figlio, una pazza, una strega due streghe, l'avvocato... l'appuntamento.

Al diavolo l'appuntamento, di certo l'ho mancato, troverò una scusa, anzi due, una per me stesso e l'altra per l'amico che mi aspettava ad una certa ora in ufficio e io l'ho bidonato.

Eppure è buio di nuovo, buio dentro il mio cuore e il mio dolore.

"Al diavolo anche il dolore!" sbotto "quella donna mi ha distrutto e qui fa freddo".

Mi stringo nelle spalle e nel mio buio e piango, ma non sono sbronzo, non lo sono più.

Soffro.

"La mia origine è nell'eco.

Qui di freddo non ne esiste.

Senti il caldo che ti sfiora?"

Perché adesso questa stupida nenia mi vortica in testa?

Ha timbro femminile, indefinibile.

Si allontana si avvicina... e io sciocco sono fermo in piedi il cappotto slacciato con gli spifferi di ghiaccio che s'insinuano a lama tra le trame del maglione, le braccia cadute sui fianchi, in riposo, e in più lo sguardo perso nel mio buio cerebrale.

No, la sbronza non passa e la nenia imperversa, sembra quasi la voce di mia moglie seducente e metallica in un tempo.

Non pensavo fino a tanto, ma da lei devo difendere persino la mia integrità psichica.

E allora cammino ancora, perché la pazza è lei e io una strada la troverò.

Si perda pure se vuole, dove e come vuole.

Ma da sola.

"Ecco vedi! Gioisco una strada delle luci, delle auto parcheggiate... e quell'edificio... lo conosco!"

Entro corro salgo palpito rido bacerei la porta.

Sono a casa.

Vuota d'accordo, ma casa. Da non credere!

Mi spoglio buttò il cappotto a terra sfilo il maglione, slaccio i primo bottoni nella camicia e mi vedo soddisfatto, lo sguardo chiaro e la luce accesa.

Mi vedo come anch'io scorressi davanti ai miei occhi, uguale a ogni altra immagine.

In questo momento la mia vita non ha più peso dei miliardi di vite che percorrono i 5 continenti.

Sto bene.

È pace.

"Ho appetito" parlo a voce alta nella perfetta coscienza di essere solo, ma quell'uomo mio uguale che si muove sereno sulle mie pupille in uno spazio infinito e puntiforme, e lo fa con la naturalezza di chi non ha confini, quell'uomo identico a me, ma sereno, è un'altra persona.

Entro in cucina.

"Mi è passata la sbornia e ho fame" gli dico.

Lui pacifico, se ne va, imbocca la porta e poi il corridoio.
Se ne va - in pochi metri cammina ed esce di scena.
Sparisce.
"Chi se ne frega" esprimo ancora ad alta voce "io sto bene."
La pentola sul fuoco e l'acqua che prima o poi bollirà - il sale.
Apro l'anta che nasconde le scorte casalinghe di pasta.
Tutto così ovvio e normale da procurarmi quasi gioia.
"E lei la pazza" sono solo dichiaro a me stesso e ho la voce categorica di chi annuncia l'evidenza.
Mi rassicuro anche se intuisco di stare ignorando una circostanza importante, con ogni probabilità decisiva. Sì perché la mia voce mi rimbomba dentro e se avessi il coraggio d'ascoltare sentirei l'eco di valli ignorate da qualsiasi geografo e scoprirei quel confine d'ossa incastrate fra loro che chiude il pensiero nello spazio di un infinito terribilmente angusto.
Ma dribblo con sapienza, mi illudo, e proseguo senza troppo urlarmi dentro.
"È proprio passata, mai avuto una sbronza così."
Il vapore caldo dell'acqua che bolle mi investe la faccia.
Apro un contenitore di pasta.
Un soffio di aria mi avvolge le guance.
Da sotto in su.
In un attimo ho il volto coperto da piccole ali beige che sbattono forte, mi solleticano e se ne vanno.
Il barattolo è pieno zeppo di farfalle. La pasta rimasta sul fondo è coperta dai loro escrementi.
Mi butto sul lavello con un urto di vomito.
Poi mi volto, sono appiccicate al soffitto le ali aperte pronte a staccarsi e riprendere il volo.
Una pattuglia aggressiva si riversa ancora su di me.
Non sono un alcolista.
Non è possibile che abbia allucinazioni persistenti.

Allora sono impazzito e la storia di mia moglie...

Non ho più una dimensione concreta. Non ho più una realtà!

Cosa faccio?

Ho paura ma di me.

E se quel marinaio che ho incontrato, quello che mi ha chiesto la vodka fosse lui, mio figlio, e quindi io senza ricordo di un'esistenza che è stata normale, chiuso e perso nei deliri di un cervello malato?

Forse è una crisi e sono già in cura da qualche psichiatra.

Ma io farmaci non ne prendo, non ne ho.

Come posso saperlo?

In bagno, l'armadio dei medicinali!

Lì trovo la spiegazione; sono pronto a tutto, ma deciso a guarire.

Apro cerco butto qualche scatola vuota. Aspirine o giù di lì.

La pillola della mia ex...

La pillola?

Ma lei voleva disperatamente un figlio e prendeva la pillola a mia insaputa?

E poi sacchetti di tela. Una decina.

Impressi sul tessuto grezzo simboli rossi e neri.

Non capisco.

Non sono certo psicofarmaci e ne apro uno.

Erba secca tritata.

Annuso, ma l'odore non mi dice niente.

Marijuana?

Si fa spinelli? E che altro?

È drogata.

Allora droga anche me di nascosto e io do fuori, mi penso pazzo. Mi vuole portare al suicidio.

O mi vuole internare in qualche clinica chissà dove per malattie mentali...

"Ma queste sono manie di persecuzione". È l'autodiagnosi.

È il trauma del voltafaccia di mia moglie, del suo comportamento che io trovo assurdo, delle sue bizzarrie o stregonerie o che diavolo altro...

"Penso troppo" concludo "qualcosa succederà."

Qualche benzodiazepina ce l'ho, forse nel cassetto del comodino.

Mi rilasso e dormo.

Ne conto goccia a goccia una dose più che massima per sicurezza e mi lascio cadere sul letto.

Ma la pace è un dono che nessuno mi fa.

Suona il campanello.

Vorrei non aprire, ma sto aspettando una svolta concreta che dia luce a questo delirio e mi faccia dire

"Che cazzata alla fine!"

A fatica mi alzo e so già che distruggerò il misero effetto del tranquillante. Però la soluzione può essere dietro la porta.

Magari mia moglie che mi dice che ha un amante, un figlio da lui di cui io non so niente, che lo ama e che la pillola le serviva solo perché le avrebbe fatto schifo aspettare un figlio mio.

Meglio così che la follia.

Ed ecco invece la bionda slava. L'altra strega. O la pittrice.

Entra con passo misurato mi guarda un attimo e si spoglia. Piumino golf un bottone della camicia, quella che le avevo già visto addosso. Quel bottone che sarebbe saltato da solo, un momento o l'altro.

Ma io "No mi scusi" le dico sicuro "forse non ci siamo capiti, a me il sesso non interessa ora. Ho altri problemi."

Lei si indigna - da copione.

"Cos'ha capito lei?!" trascende.

Sprofonda in poltrona e ancora cambia atteggiamento. Manageriale.

"C'è sua moglie?"

Meglio stare sulle mie. Ho fatto una gaffe forse.

Ma non ne sono così sicuro.

Me la cavo con un semplice "No non c'è".

Mi siedo anch'io, sulla poltrona che la fronteggia.

Lascio a lei ogni iniziativa.

Ci guardiamo a intervalli alternati, regolari.

Ci scambiamo silenzi a profusione.

È tutto uno scherzo. La vita è una bella presa in giro, ma non ne facciamo più un dramma. Anzi ognuno deve giocare il suo gioco. In fondo è importante se lo è per i bambini.

L'ho sempre pensato, ma credevo fosse un modo per consolarsi dal peso di vivere.

Invece no. È il dolore che non esiste. L'abbiamo cancellato e ne smacchiamo gli aloni con cura, perizia… orrore.

L'abbiamo deciso in un tacito accordo tutti insieme da queste parti. Abbiamo deciso che la sofferenza è solo un atteggiamento mentale. Facile no?

Perché dare peso alla sofferenza se fa parte di un gioco? Giochiamolo bene, e più sarà finto più sarà indolore.

Soluzioni che escogito mentre il tempo cammina.

Non provo imbarazzo, in fondo chi ho davanti non è meglio di me. Una donna che gioca alla strega, all'artista e chissà a quant'altro. Non mi dispiacerebbe scoprirlo ma come le avevo detto poco fa, non ho tempo per il sesso, non ora.

"Però se si gioca..." rimugino. "Quasi quasi tento un approccio."

Do segno di piccoli movimenti senza scopo.

Lei mi studia.

"Non lo faccia" ordina.

Allora è una strega davvero, sa leggere il pensiero... sorrido.

E due farfalle grigiastre mi svolazzano intorno.

Sto precipitando nel disgustoso barattolo di pasta avariata che mi ha fatto vomitare e sul fondo un mare sporco d'inverno, appena più chiaro nei grigi dei mercantili tristi che si appoggiano alla sua lieve increspatura e ancora gli occhi scuri del marinaio, dolenti come castagne d'autunno. È un dipinto - magari intravisto nel bugigattolo della strega-cassiera-pittrice.

È solo la versione meló di una sfera di vetro, quelle di cattivo gusto ma di solito allegre, con la neve che scende su un sogno infantile.

Ancora più sotto, oltre il fondo incrostato, una foto violenta ed è moglie - traffico che divora - luci che confondono - supermercati e poi vodka.

E poi oltre, ormai sul soffitto o nelle fondamenta dove ha messo radici l'edificio di cui fa parte l'appartamento, il cielo di notte- il cimitero - un figlio che non oso immaginare.

Non esiste.

Per questo motivo dimenticando la scelta del silenzio chiedo alla donna che ho di fronte

"Di dov'è lei?"

"Odessa" risponde.

Neppure mi stupisce.

Ci sto facendo il callo mentre mi domando quanto possano durare i postumi di una gigantesca sbornia.

Forse è vero - chi non vuole affrontare un problema lo devia verso spiagge lontane, confuse, dove la mente inventa mille ostacoli e bivi al solo scopo di non prendere atto di qualcosa di vero che è lì davanti, inevitabile.

Mia moglie se n'è andata e forse è una pazza o una strega, oppure una pazza che si crede una strega, o una strega ebbra del suo potere fino ad apparirmi impazzita.

O una madre fallita, o una madre mancata che si arrotola tenera intorno ad un figlio fantasma o si avventa furibonda contro ombre che lo minacciano. Rischia tutto: la vita e il cervello.

"Certo che se ora mia moglie arrivasse sarebbe una bella sorpresa!" considero ad alta voce incurante della mia compagna d'attesa.

Un sorrisetto in risposta. E torna la sensazione che mi stiano prendendo in giro entrambe, alleate.

"È ovvio" mi parte il pensiero, ho dentro di me un motore troppo potente e non lo so governare "è ovvio mia moglie ha un amante, un figlio segreto che vive con lui e mi vuole portare a dirle - vai, ma lasciami in pace - e così sarebbe colpa mia".

Invito l'amica ad andarsene, gentile. È l'istinto che mi dice "Stai solo".

Lei è docile, non oppone resistenza.

Al diavolo le streghe, lo sono tutte le donne.

E finalmente sono solo, con una goccia di senno che torna.

Mi ripeto che dal giorno seguente tutto sarebbe tornato normale - avvocato separazione, insensibile alle sue follie, depresso forse, un poco, ma meglio depresso che folle.

E poi passerà.

Così è successo a tutti, amici e conoscenti. Forse avevano mogli più equilibrate, ma chissà... vai a vedere oltre la porta chiusa della loro abitazione e trovi senz'altro qualcosa.

Tanto per cominciare in cucina non ci sono farfalle; evito di aprire l'anta che contiene i barattoli di pasta per prudenza.

Domani sarà tutto talmente normale da sconcertarmi.

Coricato sul letto, braccia sotto la testa, occhi chiusi, vestito mi sto addormentando cullandomi nella fantasia che al di là della parete, nell'appartamento contiguo, aleggi una qualche psicosi–ossessione-rancore e segreti, segreti... sono favole ora e mi portano il cervello a dormire nella culla da dove è venuto. Il cielo le stelle ai confini del mio presuntuoso ragionare.

E il ventre gonfio di mia madre.

Eppure non riesco a dormire, qualcosa - un pensiero - mi scrolla, mi obbliga a un brusco risveglio.

È mia moglie, è Odessa e il marinaio, è la pittrice, è quella Milano che non avevo mai conosciuto e ho visto per caso o per delirio.

Tra il sonno e la veglia, tirato da uno e dall'altra come fossi una fune mi nasce il pensiero di essere proiettato in un sogno, nel mio sogno di una notte infausta. Le paure i desideri e il ricordo di luoghi mescolati tra loro. Quando sarà mattino, dopo il caffè, mi divertirò ad analizzarli.

Adesso mi alzo e aggiungo una ventina di gocce di benzodiazepine.

Succederà che io dorma tranquillo prima o poi. Domani magari cercherò quelle viuzze irreali, me ne deve aver parlato mio padre o addirittura mio nonno, quand'ero bambino.

Nel tempo i racconti possono diventare falsi ricordi, ne sono certo.

Forse mi sono alzato o l'ho solo pensato, ma comunque precipito in un buio senza buio di un sonno che assomiglia all'assenza. So che non riposa, ma almeno dà tempo alla realtà di risorgere tranquilla quando la luce tracimerà dall'orizzonte fino a illuminare la città che conosco, quella che ogni giorno mi annoia e non vorrei più vedere ogni volta che dormo, mi risveglio e cammino. Quella che mi annoia e che abbandonerei se potessi, ma non posso... la moglie, il lavoro.

Io sono responsabile, la donna che ho sposato non lo è.

E un sobbalzo mi sveglia. L'ennesimo.

Le voci che urlano sono due, vengano dall'appartamento di fianco.

Sono due sposati da tempo.

"Senza figli come noi" sottolineo e rimarco ripetendomelo più volte.

"Accidenti, senza figli, certo. La realtà cara mia non è un'opinione" le parlo voltato alla parte sinistra del letto, dove lei dorme.

Dove lei dormiva. È deserta e composta. Fa freddo - fa caldo come nel deserto. Tutto viene dall'aria soltanto. Lei non c'è e non è sogno.

"Litigano spesso quei due, ma non come stasera" lo penso e mi rattrista. Mal comune non fa mezzo gaudio, anzi ti toglie la voglia di combattere e di credere che domani starai meglio. Risulta impossibile che la vita sia meglio di così come la vivo e la sento ultimamente.

Un girone senza speranza.

Questa volta però è peggio.

Sbattono porte, sfracellano oggetti...

Non si può sopportare, penso di chiamare la polizia.

Mi trattengo.

"Non siamo nei sobborghi di New-York" rifletto "questa è una zona più che decorosa, anzi direi elegante, non si può dare spettacolo, basta un niente e il quartiere si degrada."

Sono costretto a rinunciare. Mi farò due, tre caffè e intanto sarà giorno.

Il traffico si muove giù in strada. Mi rendo conto che la luce è meglio del buio quando si hanno problemi e l'aspetto con la pretesa che mi illumini dentro.

Apro la porta della zona giorno mentre l'eco di quei due mi pedina per non lasciarmi in pace.

Un attimo per sedermi sul divano. La testa gira per mancanza di riposo notturno, lo straccio di notte che è entrato tra le pareti di casa mia, quella penombra cittadina che lascia intravedere gli oggetti nel riflesso dei lampioni accesi in strada, mi appare fluttuare da tanto la stanchezza mi prende la vista.

Vedo ombre irreali, nel gioco della notte con la luce artificiale. Penso di focalizzare due sagome.

"Interessante" reagisco "interessante constatare come la mancanza di sonno e lo stress possano creare un mondo nuovo... e poi c'è chi in questo mondo ci crede e impazzisce. Non io d'accordo..." intanto mi alzo e accendo la luce.

Le due sagome faticano a sparire, anzi si delineano sempre più nitide.

"Non mi è nuovo trovarmi in frangenti del genere" considero avvicinandomi con la sicurezza di chi tocca la realtà e solo allora crede.

"So che è suggestione, ora svanisce e con lei tutto il marasma emotivo che mi ha portato a questo punto."

L'immagine che ho davanti come se fosse vera, i due vicini che agitano le braccia minacciose l'uno contro l'altra, le bocche dilatate in un urlo senza suono, scomparirà insieme al ricordo delle altre ridicole suggestioni di cui sono stato vittima.

Allungo un braccio fra di loro nell'atto di dividerli. Lo faccio un po' per compiacere le mie allucinazioni dimostrandomi possibilista disposto anche ad accettarle se non potessi fare altrimenti, e un po' - al contrario - per mandarle a quel paese velocemente.

Non mi posso permettere la titubanza perché questa situazione si sta trascinando da troppo, vorrei evitare si cronicizzasse facendomi confondere con il pensiero imbizzarrito.

Sento il braccio sinistro, adibito allo sbarramento, rigido e pesante come ferro.

"È la stanchezza che è tanta" concludo mentre mi rendo conto di avere urtato un ostacolo.

Indietreggio di un passo, unico e breve, che però mi permette di toccare con la mano l'ostacolo e sapere che è la spalla della donna.

Allungo il braccio destro e la mano trova l'uomo.

I passi indietro ora sono cinque e lunghi il più possibile.

Sono davanti a me.

Lei seminuda, lui in pantaloni.

La maltratta strattonandola le lascia cadere due ceffoni pesanti sul viso e lei cade a terra.

Come niente le si corica addosso e la bacia con una voracità violenta.

Fanno l'amore e lei non si oppone.

Mi chiudo in stanza e ascolto.

Al di là della parete dietro il letto i gemiti hanno sostituito gli insulti.

A che gioco stanno giocando?

A che gioco sta giocando la vita con me?

Alla fine la luce trionfa, almeno quella di un sole slavato che sciacqua la faccia al palazzo di fronte.

Lo vedo oltre le tende, ma non le sposto ed esco dopo essermi più volte inondato il viso d'acqua gelata.

Sul pianerottolo nessuno, ma dietro la porta dei vicini le

voci di entrambe, concitate solo per la fretta di uscire e di darsi qualche reciproca informazione sui programmi della giornata.

Lei esce per prima.

È composta, accettabile.

È calma e cordiale.

Io la scruto, lei lo capisce e si imbarazza.

In ascensore non sa dove guardare e sceglie una frase qualunque, senza sapere quanto sia infelice.

"E sua moglie? Non sta bene? Da qualche giorno non la incontro..."

"È via" borbotto.

Devo avere l'aspetto del tossico. La barba da giorni non la rado, lo stress - lo scompiglio emotivo - mi segnano il viso e mi regalano una manciata d'anni di cui volentieri farei a meno. Non so neppure che cosa mi sono messo addosso.

Allora sorrido per coprire il mio disagio, per essere gentile formale e rispettoso. Così devo essere perché così sono sempre stato.

Per ora nessuno deve sapere che mia moglie se n'è andata.

"Tutto bene?" proseguo.

Io la notte appena trascorsa non la dimentico e se il mio cervello non è fuso al punto da procurarmi illusioni, allora la lite di quei due non può che essere vera.

Lei risponde ci fermiamo in strada a chiacchierare qualche il minuto giusto il tempo che scenda il marito, mi rivolga il buongiorno e la prenda sottobraccio suggellando l'affetto con un bel bacio in fronte.

Si allontanano ignoranti del mia testimonianza.

La confusione cresce alimentata dal ricordo della notte, contraddetta dall'avvio di una giornata nella norma.

Ma ancora è riuscire a formulare una domanda precisa che mi salva dal diventare autore di strada mettendomi a urlare contro il mondo, imprecando su tutto e su tutti, e poi sciogliermi in lacrime chiedendo che qualcuno mi aiuti. Probabilmente un'ambulanza un medico un paio di infermieri un'endovena e una sirena che accompagna la corsa verso un reparto psichiatrico qualsiasi.

Ricovero coatto. I brividi mi avvolgono al solo pensiero e mi abbraccio da solo.

Lo faccio di frequente ultimamente, aiuta.

"Forse i pazzi sono i vicini che salvano la faccia e lasciano esplodere il degrado fra le pareti domestiche, forse così è la vita. Certo che la follia di mia moglie è plateale e tocca a me nasconderla agli occhi maldicenti degli altri. Penso di avere trovato una soluzione imitando la loro capacità di contenere, inscatolare tutto ciò che può essere abnorme. Aprirla ogni tanto quella scatola. In fondo è saggio... semel in anno..."

E via dicendo ragionando o sragionando cammino verso la fermata di un autobus.

Niente auto, niente taxi. Mi fa bene stare in mezzo alla gente.

Prenderò ancora un giorno di ferie o malattia, si vedrà cosa è più conveniente e vado dall'avvocato, ma questa volta con calma e sangue freddo pensando a quante coppie l'hanno già fatto, perché è semplice come un piccolo intervento chirurgico.

Si taglia un pezzo di vita, si ricuce e si va avanti.

Intanto scorrono intorno persone e tram. I movimenti tranquilli stamane; mi sembrano tutti rassegnati ma sereni, come me.

Anche il movimento del traffico è fluido.

Forse sono io che lo guido. È la mia anima che innesca una marcia e dà il via alla giornata.

Cercherò di farli vivere bene. Io con loro.

E li vedrò come vogliono essere visti, né buoni né cattivi. Normali.

E non mi faccio seghe mentali, dove sta la normalità o dove il giusto mezzo.

Mi sembra ridicolo trovandomi io con gli altri su una sfera di terra ghiaccio e fuoco che rotola da infinito a infinito.

Anche matematicamente mi pare non possa avere un gran senso, per quanto posso saperne io che riempio qualche colonna al giorno di parole che odorano di quotidiano.

E così passo passo riconquisto le ore del giorno dopo averle dimenticate per un tempo troppo lungo in uno dei cassetti della scrivania nel mio studio.

"E poi" programmo "passerò molto tempo al lavoro, molto più di prima perché ora sono solo".

Tiro il fiato e respiro la Milano di quella mattina.

Eppure a volte le coincidenze sono determinanti più dei fatti per la parte più buia di un cervello.

Un coupé rosso accosta al marciapiede su cui sto camminando.

È mia moglie.

Scende.

Anche lei oggi sembra nella norma.

Più bella, non dico come un tempo ma quasi.

Mi avvicina fronteggiandomi.

Non ha l'aspetto aggressivo, mi rilasso.

Gli occhi scuri brillano e la bocca accompagna le parole con movimenti morbidi.

"Volevo avvisarti: vado a casa a prendere la mia roba, almeno la più urgente."

Annuisco.

Si volta per rientrare in auto e mentre sale

"A proposito, quando ti decidi ad andare dall'avvocato? Io l'ho fatto. Non ti chiedo la consensuale perché so che rifiuteresti... oppure no?" propone.

Non rispondo.

"Perché no?" domando a me stesso "quale motivo avrei per oppormi?"

Tiro dritto, me ne frego delle sue parole, non voglio grane, semplicemente.

Ma rivedo i passi dei suoi piedi, le caviglie ed il polpaccio.

Erano miei. Poi lei è impazzita, ma ora finge ai miei occhi e anche i suoi di essere… nella norma.

Se non reagisco probabilmente la sua pazzia si quieta, si assopisce come una belva quando è stanca perché ha fame, senza forze per spiccare con un balzo su una preda che non è certa.

Bisogna farla morire di inedia questa maledetta follia!

La sua, la mia, quella dei vicini e di tutti tutti i passanti!

Tutti pazzi!

Sta crescendo un altro urlo. Devo fermarlo!

E mio figlio?!

Cosa diavolo significa?!

Lo voglio, lo devo sapere!

È per questo che decido di tornare dalla pittrice o dalla strega, non lo so!

"Però dopo l'avvocato" mi dico.

"Dopo" ripeto.

"Dopo."

"Dopo."

Mi calmo - mi calmo - mi calmo…

Sono calmo.

"Prima!" esplodo "Per forza. Prima devo sapere del figlio!"

Corro.

Acquista velocità anche la strada e gli altri e le auto e le moto e il tram.

Il mondo mi investe!

Viaggia in senso contrario mi urta mi frena mi ostacola, ma io vincerò… vincerò… senza fiato in quella via, mi duole la milza non ho fiato… dove sono non mi interessa.

In questo o quel mondo è lo stesso.

L'importante è giocare il gioco giusto per il mondo in cui vivo ora.

Capitolo quarto

Spingo la porta d'ingresso e si apre sulla cantilena inquietante del carillon. Non mi tocca. Non ho alzato gli occhi dal mio obiettivo, ho puntato dritto sul negozio, non mi sono guardato in giro per non lasciarmi suggestionare da nulla... dritto allo scopo, non c'è altro.

Le atmosfere, le percezioni... devianti.

Dipendono solo dallo stato psico-fisico di una persona. Un carillon è un carillon, ovvero una scelta come un'altra. Niente di magico, niente di evocativo. Fatti, solo fatti. Io scrivo di fatti e così è la vita. Fatti.

La vedo, vedo la bionda, lattiginosa slava e l'aggredisco.

"Cosa sa di mio figlio, lei?!"

Urlo, me ne accorgo, ma devo metterla alle strette.

"Si calmi, si calmi... lei è sconvolto... si sieda e le faccio un the"

"Non mi prenda in giro" forse urlo ancora più forte "io devo sapere"

Gliele sputo in faccia, queste ultime parole, tanto le sono addosso.

"Guardi che non sono sola" sussurra, ma è chiara, non esita e non ha paura.

È una distesa di calma sconfinata come una steppa.

C'è tempo, c'è spazio... ma qui siamo addosso l'uno all'altro, siamo stretti, senza tempo, con l'ansia di correre a difendere pochi metri quadrati di vita.

E se qualcuno soccombe poco importa o tanto meglio, c'è più aria per gli altri.

Mi accorgo che la rabbia mi sta soffocando, mi vedo paonazzo in uno specchio opaco che ciondola sulla parete di fianco.

"Con chi è?" le chiedo.

Lei si volta ad indicare una donna anziana che esce dal retro, fuoco nei capelli tinti, occhi che bucano l'aria e ti raggiungono le membra. Su di me ha un'azione momentaneamente paralizzante.

"Mia madre" specifica.

Ha il volto deformato dalla carne molle macerata dagli anni, ma riveste pur sempre lineamenti sensuali e volitivi. Il corpo è pesante, largo, ma non certo obeso.

La figlia si volta verso me.

"Il signor…?" domanda.

Vorrebbe presentarci. È ridicolo.

"Non importa" rispondo "non importa chi c'è, non mi importa che lei sappia il mio nome". Accenno verso la donna anziana che rimane ferma sulla soglia del retro.

"Per favore parli chiaro. O mi volete pazzo tutte e due?"

Mi affloscio sulla sgangherata poltrona che sta davanti al tavolo, le braccia molli. Sono stanco.

"E va bene" mi dice "Parliamo. Lei ha bisogno di parlare."

"Allora mio figlio che invenzione è?" già mi sale la pressione, già sto male e manca l'aria.

"Per Dio, si calmi altrimenti come possiamo parlare?"

Mi sta versando acqua calda in una tazza, poi immerge nel vapore una palla d'argento.

Dopo qualche minuto di chiacchiere a vuoto da parte sua, dopo il mio silenzio e la mia attenzione rivolta costantemente alla madre, ferma come una statua, mi porge la tazza.

La prendo e sto per bere, ne ho bisogno, ma mi fulmina un pensiero, ho il ricordo di una coincidenza.

"Si tenga il suo the, non lo voglio. Cosa c'è lì dentro?"

"Ma non urli, è solo the. Non penserà per caso ad un infuso magico?"

"A proposito" intervengo "cos'è questa storia della stregoneria fra lei e mia moglie?"

"Quella? Pura curiosità intellettuale: ci interessa e stiamo facendo ricerche. È coinvolgente sa?"

D'improvviso sono detective e muovo pedine sulla scacchiera della psiche. Io bianco lei nero.

Il colloquio prende l'aspetto di un interrogatorio.

"Allora lei ammette di essere anche la commessa del supermercato". Penso di avere a mio vantaggio una mossa decisiva.

"Cosa c'è di strano? Certo. Ho avuto fino a pochi giorni fa una doppia attività. Non è facile per uno straniero tirare avanti, bisogna accontentarsi. Ma ora sembra che il negozio funzioni. Dipingo su commissione. Meglio che battere i tasti di una cassa non crede? Mi piace. Mia mamma, anche lei è pittrice, siamo in due a lavorare qui."

Sono perplesso.

"E mia moglie come l'avrebbe conosciuta e come avreste scovato questa passione in comune?"

"Semplice. Anche se lei sembra voler leggere intrighi dove tutto si chiarisce con un paio di parole. Ho visto un paio di volte, tra la spesa di sua moglie, qualche libro di esoterismo, magia, astrologia e qualsiasi scritto riguardasse l'occulto, le ho chiesto perché se ne occupava, abbiamo parlato, ci siamo scambiate qualche idea… poi io vengo da un paese con cultura tanto diversa da questa. Siamo diventate amiche e abbiamo iniziato a coltivare questo hobby in comune."

"Allora è lei la causa della pazzia di mia moglie! L'ha plagiata, lo confessi, lei e sua madre! Quanto the le ha dato, eh? Me lo dica…"

Sono in piedi, ho trovato la responsabile della catastrofe che ci ha distrutti.

La ucciderei, ma andrò a denunciarla.

Lo farò, per questo devo stare ancora calmo.

"Ma la smetta col the, vuole portarselo via? Le do quello che crede, vada a farlo analizzare…"

"Smettiamola" reagisco, improvvisamente sento di avere un'arma in mano potente quanto la magia: la Stampa.

Qualche articolo giusto che scateni un pandemonio e le signore sono a posto.

Per questo divento conciliante.

"Va bene, lo riconosco, sono su di giri per lo stress, ma almeno lei cosa ne sa di un fantasmagorico figlio che mia moglie ci attribuisce e di cui io non so nulla?"

Vorrei sottolinearne l'assurdità, ma non lo faccio.

"Vediamo come se la cava…" mi dico.

La vedo pacata come sempre, ma pensierosa. Un po' mi stupisce. Aspettavo rispondesse aggressiva invece

"Il figlio… sì mi ha accennato ad un figlio che lei rifiutava… non ho insistito. Quando me ne ha parlato l'ho vista trasformarsi sotto i miei occhi. Era un'altra persona. Ho temuto di aggravare un problema tanto grave da avere un peso oramai incalcolabile. Di smuovere quello che per il momento doveva ancora rimanere sopito. Me ne avrebbe parlato lei al momento opportuno. Ho taciuto e poi lei se n'è andata."

Sono devastato. La madre è tornata sullo sfondo da cui si era volatilizzata per qualche minuto e mi guarda dolente.

Gli occhi piccoli e scuri, penetranti come quelli di mia moglie, brillano e mi catturano.

Sono fermo.

Non penso, né parlo né respiro.

È meglio così.

Quando la vecchia pittrice sposta lo sguardo da me e lo fa ricadere sulla figlia mi sento autorizzato ad alzarmi.

Balbetto qualcosa.

Esco.

Non so come e dove finirò.

I passi che allineo sul marciapiede che costeggia l'edificio degradato in cui si annida l'atelier non li ricorderò per il resto di vita che mi verrà concessa; questa è l'unica prospettiva che ho davanti.

È un'idea chiara, definita. Il progetto di non avere memoria.

Spinto avanti da una forza che non è inerzia, né istinto, né altro che indichi movimento, posso solo concepirmi trascinato da un'onda che non mi appartiene. Mi sospinge tale e quale a ogni particella non pensante mi sia affianco o sia lontana anni luce.

Ma vado.

Seguendo una legge che non conosco.

E mentre inseguo un destino ormai indegno di questo nome, ignoro che nel retrobottega in penombra le due donne sono vicine. Parlottano. Danno inizio a un rituale di occhi e sguardi, gesti-silenzio. Ha un ritmo lento, ma lentamente toglie la memoria del respiro...

Ignoro che poco dopo la mia uscita l'auto rossa di mia moglie parcheggia davanti al negozio, incurante di ogni divieto.

Ignoro mia moglie che entra, si avvicina alle altre...

Ignoro che il rito si arresta e riprende.

Ignoro quale ruolo lei giochi, se oggetto, soggetto o semplice spettatrice.

Non la vedo nuda appena velata di tulle nero che posa per le due pittrici.

Ed è meglio così.

Per quella poca speranza che ho di recuperare un settore di cervello che non si sia bruciato nel frattempo, è meglio che non creda alle streghe o che sospetti orge lesbiche.

Meglio che cammini verso il vuoto come sto facendo in questo stesso momento.

Ho raggiunto il tavolo della cucina di casa. Mi sto sorreggendo il capo reclino con le mani.

Sono vuoto e spaventato.

Io sono il malato.

Non so se lo siamo entrambi o se sono la vittima dell'altrui malattia, o io stesso l'untore di questa follia.

Ora ricordo i vicini nella notte e poi, la mattina...

E mio figlio...? Forse è lui il pazzo che ha innescato la miccia, la mia mente lo rifiuta, respinge l'idea che sia rinchiuso in qualche ospedale psichiatrico… forse non lo possono più tenere e mia moglie allontana me per dare a lui, mostro di follia e paradossi, una casa dove nascondersi…

Non percepisco più l'esistenza dell'esterno, non sento il contatto con la sedia dove sono seduto, le mie mani avvolgono la fronte e io non mi tocco, non sento le dita, non sento i palmi… ma vedo mia moglie come fosse lì davanti uscire dal negozio e salire in macchina.

Avvia il motore, ne ascolto il rumore fino a che si allontana…

"Io mi uccido!"

E mi salva una chiave che gira nella serratura dopo esservi entrata a fatica.

Questo fastidioso tramestio lo sentivo, ma pareva lontano in una dimensione incerta fra il dubbio e il ricordo.

Invece entra mia suocera.

I capelli grigiastri dipinti sul cranio, la pelle bianca, anche lei ingrigita come biancheria consunta dall'uso e dal tempo, che in malo modo si adegua alla carne avvizzita; minuta d'ossa e magra come un uccello che sta per morire.

E due grandi occhi verdi sperduti in un mondo dove ancora cercano un punto di riferimento.

"Mia figlia?" e aspetta.

"Mia figlia non c'è?" insiste.

Possibile che non sappia?

Strana accozzaglia di sentimenti deve contenere il suo corpo di vecchia.

Ancora chiede protezione e si veste dei panni di bambina e poi vomita fiele di cattiverie sugli altri, forse per far ricadere su di loro una storia segreta che le ha chiuso ogni via d'accesso a questo mondo. E non sa niente di sua figlia…

"No" mi decido a rispondere.

"Sempre fuori di casa" la rimprovera ora che è assente.

Non l'avrebbe fatto se fosse stata lì davanti a lei, timida e aggressiva come un felino nella giungla.

"Hai bisogno qualcosa?" mi domanda ed è chiaro che le suscito pena.

Alzo la testa e mi vedo dipinte davanti le due donne, mia moglie e sua madre.

È questione di un attimo e mia moglie sparisce.

Eppure era a pochi metri, ne sono convinto. Ho sentito l'odore della sua carne. L'ho vista con la sfida negli occhi brillanti, ma una sfida diversa di cui non ho colto il messaggio.

Mi turba, ma faccio finta di niente, con un cenno invito mia suocera a ruotare sui piedi e imboccare la porta.

Si offenderà lo so, ma non insisterà perché non vuole condividere con gli altri né problemi, né soddisfazioni.

Perché teme ogni movimento dell'animo, teme anche le parole.

Il suo linguaggio è scarno e povero, ma non per mancanza di cultura.

Mia suocera teme la parola e il suo potere evocativo.

Ogni moto dell'anima è per lei un respiro del diavolo, il suo veicolo la parola.

La parola! Per mia suocera è pura lussuria, per questo preferisce la povertà d'espressione.

"Beati i poveri di spirito" deve averlo inteso a suo modo.

Beato chi non chiede e non dà, beata aridità.

Per questo va in chiesa, mia suocera; no, non crede. Sarebbe un peccato anche credere per lei. Peccato d'ingenuità o di presunzione. A scelta. Peccato di poca diffidenza e diffidare è la stella cometa di tutta la sua vita.

"Per forza mia suocera ha paura del diavolo. Lei sì che mi ha sempre ricordato una strega" commento tra me e sono felice di sapere ancora sorridere.

Forse non tutto è perduto, forse riacchiappo la lucidità.

Ma devo tirare domattina, una telefonata all'avvocato e poi sceglierò un'analista.

Con che criterio?

Non so.

Mi lascerò guidare dal caso.

Ma come tirerò domattina?

Prenderò tempo, guarirò presto, farò scrivere dall'avvocato a mia moglie che mi dia un mese per riordinare le idee... sì, ma a quale indirizzo?

Al negozio dell'amica pittrice, certo. Gliela farà avere senz'altro.

Manterrò i contatti con la donna, la vedrò fuori dal negozio, lontano da sua madre in ambiente neutrale e un poco alla volta capirò. Nel frattempo curerò il mio esaurimento.

E adesso quante ore devono essere percorse dalle lancette del mio vecchio orologio da polso e dal mio cervello che chiederà loro di essere guidato a percorrere una volta dopo l'altra la circonferenza scandita dai numeri?

"Mancano 18 circonferenze all'alba..." ho deciso di parlarmi a voce alta per non sentirmi addosso il silenzio della casa vuota.

Potrei farlo a due voci, potrei rispondermi con voce alterata tanto per sembrare a me stesso un'altra persona...

"Strano modo di segnare lo scorrere del tempo!" la mia voce si è fatta più piena, ogni parola ha il suo posto, non fluisce nella suggestiva confondendo il discorso. È la voce della ragione, del buon senso... Sì mi piace le darò retta.

Mi aiuterà ad affrontare il passaggio dal buio vivace e rumoroso del tardo pomeriggio invernale, nella mia città da cui mi dividono quattro piani di condominio, alla notte di dialogo fra il silenzio e il rombare di una moto, moto che s'impenna, di un'auto che sgomma, minacciando i fantasmi di una memoria antica.

"Un sistema primordiale, non credi?" continua con serietà professorale.

"Hai ragione. In realtà io stesso mi stupisco di certe uscite grottesche che mi pullulano in testa."

L'altra voce non risponde. Sono costretto a buttare sul tavolo una proposta.

"E se scrivessi un pezzo per il giornale?! Che ne dici, dovrò pur lavorare prima o poi!"

Poi mi volto senza un motivo.

Un uomo di stazza notevole è seduto alla mia scrivania. Ha capelli ondulati, ancora scuri. Addosso un abito grigio chiaro. Non so perché noto la cravatta rossa, tempestata di piccole pastiglie romboidali bluette.

Si accarezza il mento. È perplesso.

"Puoi provare" accondiscende.

Quasi mi giustifico

"Le parole aiutano a chiarire il pensiero, le parole sono al servizio della realtà. Così l'ho sempre pensata. Fa parte del mio mestiere. Alla fine se stai dalla parte del reale non puoi essere contraddetto" incalzo come un ragazzino che vuole fare bella figura.

Lui fa una giravolta sulle ruote della poltrona e mi dà le spalle.

Faccio in tempo a cogliere una sbrigativa risposta.

"Certo" e la voce si spegne, la poltrona accoglie il vuoto, e il silenzio mi spaventa.

Mi avvicino alla poltrona. Ne tocco un bracciolo, tasto l'aria.

Brucia, mi scotto sembra fuoco senza fiamma. Mi ritraggo.

Guardo intorno con sospetto.

Sono solo.

Solo come non sono mai stato.

Piango.

Non posso finire così!

Perché succede tutto questo? E dove succede?

Dentro il mio povero cervello che sta per fondere... o fuori di me il mondo è un'altra cosa... regna il caos, governato dall'assurdo e mia suocera, e i vicini sono come li ho visti in quest'ultima giornata o sono le consuete persone, senza infamia e senza lode, ma civili, ciascuno con le proprie meschinità, in grado di barcamenarsi fra gli eccessi e mantenere un buon equilibrio?

E perché adesso sento un gran freddo? Il gelo si conquista il mio corpo un pezzo alla volta, ma non sto morendo assiderato sono in casa mia è impossibile.

Ma ora guardo intorno.

È come se aprissi gli occhi dopo un lungo sonno indotto da un agente ignoto.

Ed è ora che vedo dove sono.

Appoggiato ad un muro, all'angolo della galleria. Vedo la facciata del duomo evanescente come il sogno.

La vedo sotto i riflettori che la illuminano. Intorno il buio non spaventa.

Piego la testa e mi guardo per quello che posso senza uno specchio davanti.

Le scarpe, i pantaloni, la cintura di pelle nera, la camicia azzurra.

Mi accorgo di essere all'aperto, in una notte d'inverno, in camicia.

Ed è per questo motivo che ho freddo. È tutto molto logico. quasi mi consolo. Le mie sensazioni corrispondono ad una situazione esterna, il freddo appunto, e sono sensate.

Fin qui non ci piove.

Guardo il cielo terso come la speranza che tutto passi prima o poi. Eppure in questo esatto momento non ricordo neppure dove e quando ha avuto inizio questa situazione.

Ho l'impressione che l'assurdo sia un mare a onda lunga che mi prende lo stomaco.

Anche Milano è con me, fuggevole e senza domani. Così non l'avevo mai vista.

Sull'onda lunga riaffiora l'uomo in grigio seduto alla mia scrivania.

Sta per annegare, non si oppone alla sorte che lo fa inabissare.

Un passante mi dice di andarmene a casa che devo essere sbronzo.

L'ho pensato anch'io, lo ricordo anche se mi sfugge di cosa mi fossi ubriacato.

Però il dubbio che non sia così si fa strada e sbuca alla luce della memoria, ed è urlo

"Mio figlio!"

Questo è l'inizio.

La follia di mia moglie, quella donna spudorata che mi passa davanti a pochi passi teneramente appesa al braccio di un uomo che non vedo chiaramente. Non lo voglio vedere.

Contraggo il dolore dentro di me e diventa rabbia, diventa impulso di stringerla al collo e di farla tacere per sempre perché la sua follia non esca da quella bocca e se ne vada in giro per il mondo.

Comprimo la rabbia che ora è di cartone, cartapesta.

Cosa succederebbe se lasciassi sfogo all'istinto.

La mia carriera, la gente, i vicini, mia suocera… tutti a puntarmi il dito contro.

Non posso, anche se volessi stringerla e portarmela via baciandola e piangendo perché manca.

Non sarebbe dignitoso, non da uomo.

Da isterico forse, che chiede aiuto senza dignità, che dichiara un amore senza midollo, pronto a essere calpestato, offeso deriso…

Trasformerò la mia rabbia compressa in rancore e chi può mai sapere, il rancore in vendetta.

Se Dio mi assiste e mi dona quel tanto di lucidità che mi permetta di arrivare allo scopo.

La vendetta.

Sarà la mia bussola d'ora in avanti e come la bussola mi darà una direzione.

E io studierò la rotta, aggirerò gli ostacoli e mi accompagnerà la scaltrezza. Sarò attento ai fatti, alle parole, anche ai gesti delle mani, alle espressioni dei visi, alle inflessioni della voce. Indagherò. Saprò.

E alla fine mi vendicherò.

Tutto questo deve avvenire prima che il mio cervello si ingoi il mondo e lo faccia sparire definitivamente agli occhi.

Forse allora sarò cieco - forse morto.

Forse rinascerò. Se la vita è un ciclo di tante vite.

Con grande probabilità dopo sarà l'ultimo girone d'inferno.

Ma il percorso è mio, tutto mio e nessuno me lo strapperà di mano, né mia moglie né le streghe, né Dio.

"Accettate la sfida?" domando alla notte ormai deserta d'uomini.

Per fortuna nessuno passa.

Coprirò la mia follia con la terra, come fanno gli animali con i loro escrementi. Sparirà ogni traccia.

Sarà un segreto tra me e me. Il mio equilibrio stupirà il mio prossimo. Fino a che sarò sull'obiettivo.

Torno a casa ora, devo pensare alla salute. Mi aspetta una grande battaglia.

Mi preparerò un the caldo al whisky.

No senza, è meglio.

Voglio una mente pronta, scattante, matematica.

Perché intorpidirla.

Non ha senso.

Niente nebbie nel mio mondo nuovo dove finalmente tutto è chiaro.

Rassicurante.

Ho eseguito tutto ciò che era ormai indispensabile per ricostruirmi la facciata.

Penso di non avere fatto altro che isolare una piccola parte di cervello dall'altra, esuberante e schiumosa, pronta a ingoiare d'onde la mia ultima spiaggia.

L'ho fatto e ritengo anche con una certa perizia.

L'avvocato, sbrigato in circa un'ora.

"Come stai?" "Il tempo passa" "Hai messo su qualche chilo" "Tu non sei per niente cambiato" "Grazie" "Prego" e via dicendo.

Comunque le scriverà entro domani.

Ce l'ho davanti agli occhi, rubicondo e immobile, rosaceo e rossiccio di capelli.

Ce l'ho qua davanti, come non esistesse realmente.

Sono stato scarno e breve, ho evitato troppe domande con la scusa di prendere tempo per rimediare alla situazione.

Per riflettere, come si usa dire in questi casi. Gli ho taciuto, come è ovvio, ogni accenno alle follie di mia moglie, alle sue assurde affermazioni.

Sono uscito dal suo studio soddisfatto di me, lasciandomi volentieri i problemi legali alle spalle.

Sono stato al giornale.

Ho ripreso le fila del gioco.

Sono rientrato come chi ha avuto una bella influenza.

"Passata?"

Mi chiedevano lungo il corridoio.

"Ti trovo emaciato" "Ti trovo meglio" e via dicendo. Perché ognuno ti vede a modo suo, questo è chiaro e indiscutibilmente ridicolo.

Una buffonata, la vita che fino a pochi giorni fa credevo dignitosa e sensata, ora è niente più che una buffonata.

Devo trattenere una risata esplosiva.

Innaturale agli occhi dei colleghi.

"Ecco nascere lo scemo del villaggio" mi ossessiono.

"Chiuditi in bagno" mi impongo.

Lo faccio e rido, rido, grottescamente rido.

Poi mi guardo allo specchio come avessi vomitato, paonazzo e gonfio di risata.

E di follia.

"Devi imparare, devi ancora imparare molto" dico a me stesso, alla faccia che mi sta lì davanti e deforma i miei tratti nell'eccesso di impulso incontenibile.

"Gli impulsi possono essere deglutiti come una pastiglia. L'atto di ingoiarli d'ora in avanti deve assolvere la funzione di un farmaco."

Ogni giorno.

Lavorerò con costanza nei prossimi giorni.

Ho buttato giù un paio di pezzi. Funzionano.

"E se la pazzia fosse veramente gestibile e non per qualche settimana soltanto, ma per l'intera vita?" mi domando mentre esco nell'aria lunare di un pomeriggio inoltrato.

"E se me la potessi vivere in segreto? Morire alla fine dei miei anni, di quelli che mi spettano, sapendo di me ciò che gli altri mai sapranno: che sono pazzo."

Ragiono… ragiono fino a non venire ad alcuna conclusione. Neppure un'ipotesi.

Sono tranquillo di giorno, ma è la notte che nasco in anime nuove e le incarno.

È la notte che mi spaventa.

Nella notte si aprono le segrete del mio animo e i miei prigionieri si liberano.

Ma non so quale reazione possano avere.

Non li so gestire.

Di notte mi chiuderò in casa.

Nasconderò le chiavi.

Dove le nasconderò lo ricorderò solo all'alba.

Sperando che funzioni.

Devo correre a casa.

Mi rincorrono e me li sento alle spalle, dietro ogni angolo se ne nasconde uno.

So che sfonderanno la porta, sbucheranno dai muri, senza difficoltà mi troveranno barricato in bagno o in camera.

So che lo faranno, ma del duello nessuno saprà domani mattina, quando progetterò la giornata successiva.

La notte mi ha rincorso fino a casa.

Dietro di me si spegnevano insegne, lampioni e semafori. Dietro di me tacevano i motori.

Alle mie spalle la città moriva.

La uccidevano i passi affrettati dei fantasmi che porto con

me. Inoffensivi alla luce, determinati a sconfiggerla fino a toglierle fiato e colori quando le tenebre si inorgogliscono del loro mistero.

Il mio cervello superava gli argini e io correvo.

Non volevo esserne sommerso per la strada.

E loro mi inseguivano.

Non avevano fretta loro, non si scomponevano; a passi lunghi mi avrebbero preso.

Avevano la certezza che una volta raggiunto il mio rifugio domestico avrei lasciato la porta accostata, perché potessero entrare senza sforzo.

Io cercavo un reciproco accorgo.

Non so loro.

Anzi so che chiedevano solo di possedere il mio cervello.

"Questa è la mia follia."

Ansimando per la corsa me lo ripetevo senza smettere, per tenerlo ben presente e combattere.

"Il nemico è concreto" alternavo "il nemico è reale".

Ma le ombre entravano in me nonostante il divieto.

"Aspettate. Quando nessuno ci vede!"

Lo dicevo a voce bassa, ma intanto mi avvolgevano morbide.

I loro mantelli mi sfioravano come carezze e mi circondavano procurandomi il piacere dolce e disarmante di un amplesso.

"Questa è magia"
Qualcuno sussurrava.

Ho fatto l'amore tutta notte con i fantasmi.

L'ho fatto con una prostituta raccolta per strada, con due, quattro...

Forse ho fatto l'amore.

Quello che so è quello che vedo.

Lo riaffermo.

Ed è il lenzuolo intriso di sudore e altro, l'odore di sperma che rimane sul palmo della mano, se lo tocco.

Ho fatto l'amore ricavandone un piacere che non conoscevo, così ambiguo e assoluto che forse non era piacere.

Non so.

È l'unica certezza che ho, perché non ricordo se non suggestioni e dolori e attimi di paradiso gettati alle fiamme come un "pezzo" mal riuscito.

Ed è l'insistenza di chi suona ora alla porta che mi toglie dal dubbio.

Apro ed entra mia moglie.

"Che faccia hai? Sei malconcio? Disperato? O ti sei dato al sesso selvaggio stanotte?"

"Non ti deve interessare!" trattengo l'ira perché l'istinto guiderebbe le mie mani al suo collo, ma non posso neppure fare il gesto, passerei dalla parte del torto.

"Comunque è vero non mi interessa. Mi ha chiamato il tuo amico, l'avvocato. O meglio la sua segretaria, nel ruolo di divorzista lui non può immischiarsi fra di noi. Volevano conoscere il mio nuovo recapito. Mi hanno detto che hai lasciato un indirizzo, ma a loro risulta inesistente. Che cosa ti sei inventato!?"

Me ne frego vado in bagno mi lavo e vado al giornale.

Ascolto i movimenti di mia moglie nella stanza contigua.

E con piacere mi scuote lo sbattere della porta d'ingresso.

Se n'è andata.

Posso vestirmi della mia maschera per bene e saluto i vicini quando esco.

Stesso orario ogni giorno.

Glielo faccio notare con un certo tono allegro.

Lo valuto subito dopo e mi accorgo che avrebbe potuto farli insospettire.

In fondo potrebbero già sapere che mia moglie se ne è andata.

Potrei essere addolorato, preoccupato, incazzato, ma non

scioccamente allegro.

Del resto loro quanti scheletri hanno nell'armadio?

Cosa è successo qualche notte fa?

L'ha picchiata, malmenata, insultata… avrei potuto denunciarlo… e poi hanno fatto l'amore.

Com'è grottesca la vita.

Nella notte, quando i fantasmi si condensano e diventano più densi delle tenebre, nella notte c'è forse più verità che alla luce del giorno…

Questa giornata di lampioni ancora accesi di luce addolcita dall'alone della foschia.

Il viale più lungo di quello che vedo ogni mattina.

Sarà perché lo sto percorrendo a piedi, per creare un certo distacco fra la mia notte e il mio giorno.

Sarà che ho una certa propensione a chiedere una risposta alla mia confusione nelle lunghe prospettive che normalmente aborro.

Io scrivo su un quotidiano importante.

Tengo in pugno una parte della pubblica opinione.

Sono responsabile nel mio piccolo dell'andamento democratico della vita sociale.

Io ci credo.

Perlomeno ci credevo.

Quando esco dal giornale è pieno giorno.

"Lavoro a casa oggi" avverto.

Mi rispondono che si vede, che non sto ancora bene, che i postumi dell'influenza sono lunghi, lascia spossatezza, inappetenza, mal di testa, depressione.

Dicono di non preoccuparmi.

In realtà mi preoccupa l'idea che l'indirizzo di quel negozio non risulti esistente.

"Avrò sbagliato."

Ma devo controllare e ci devo andare in pieno giorno.

Con questo trapano che mi buca il cervello, non sono in

grado di reggere molto e alla luce i fantasmi non compaiono.

Finirei per comportarmi come un pazzo qualsiasi. Ridere e recriminare per le strade, insultare i passanti…

Questo non può succedere fino a che l'epilogo di questa storia non sarà quello che chiedo.

La vendetta.

Quanto è lunga questa città?

Il tempo passa e io ho fretta.

La nebbia è più fitta.

Ne sto ingoiando troppa.

Ha gusto sgradevole. Appiccica come colla diluita in troppa acqua.

Il percorso è lineare, ma interminabile.

Perché non ho fermato un taxi?

Voglio stare da solo, soprattutto evitare contatti con chi non conosco.

Non ho voglia di chiacchiere, né di radio accese.

Mi guardo in giro, non riconosco la città.

Succede.

"Capita dopo grandi stress".

Qualche volta è successo ed è come una spugna che passa appena inumidita e cancella le ombre da una lavagna pulita da un cancellino intriso di gesso.

"Di solito è positivo" aggiungo "è riprendere fiato e riuscire a vedere da un altro punto di vista. Buon segno - e ne sono convinto - sto uscendo dal mio smarrimento".

Però è lungo il percorso e smarrisce allo stesso modo.

Sono uscito da un labirinto che mi si stava stringendo alla gola colla forza di un pitone e ora ho un viale davanti, interminabile dove ogni passo è inutile a conquistare qualche metro. La meta si sposta più si cammina e non ho punti di riferimento.

Imbocco una traversale di sinistra, giro a destra, poi ancora a sinistra, poi a destra e sinistra.

Sembro un gatto che insegue la sua coda.

"Eppure sono in zona. Ci ero arrivato per caso e mi era parso facile!.. facile, come il caso." Ragiono "Quando cerchi un percosso già fatto a volte ti perdi."

"Quando cerchi il percorso del destino…"

Una voce.

È lontana, non la lascio avvicinare.

È la voce di donna, l'avevo già sentita.

Le impedisco di terminare la frase.

Sembra quella di mia moglie.

Ma non ho orecchie per voci senza suono.

Non ora.

L'allontano con successo e ne sono soddisfatto.

E di nuovo per caso capito all'imbocco della via che cercavo. Poca gente, ma non deserta.

L'ho trovata.

Lo temevo per un verso. Temevo fosse vero.

Ma per l'altro la paura di non trovarla era ancora più forte.

Sarebbe stata la certezza del delirio. Esito ad imboccarla distratto da un'immagine che risale a un paio d'anni fa.

Ora ricordo anche la data - era il 30 ottobre - di un piccolo episodio.

Non aveva importanza e la memoria aveva ritenuto di non poterlo conservare fra i ricordi significativi.

Mia moglie era al buio, seduta alla scrivania.

Davanti un candelabro a quattro bracci, quattro candele – due dorate, due nere - quattro fiammelle irrequiete sopra ognuna.

Nonostante l'aria fosse aria casalinga, stagnante, in assenza di spifferi e di movimento, le fiamme si agitavano, volevano morire ridotte quasi al lumicino e poi risorgevano in uno slancio verticale, dritte al soffitto.

Mia moglie stringeva in mano un tagliacarte in argento, piccola inutile spada.

Due oggetti, candelabro e tagliacarte, di cattivo gusto.

Erano il regalo di nozze di una persona che non ho mai co-nosciuto, né ho mai chiesto chi fosse. Amica di mia moglie suppongo, che poco la conosceva considerato il culto che la distingueva in quegli anni per l'arredo fin troppo minimalista.

Eppure li aveva tenuti chiusi in un armadio per poi rispol-verarli, il candelabro tanto ossidato da non tornare lucido, e quel ridicolo tagliacarte inossidabile e dozzinale che ora fissava mentre il fuoco gli dava una vita di luce e di riflessi.

Mia moglie aveva le pupille dilatate e mi parve innatura-le. Era come se gli occhi non volessero difendersi dai bagliori. Volevano accogliere le fiamme sprigionando una lussuria che mai le avevo visto.

Assistevo a un amplesso fra il fuoco e la vista.

"Come mai le candele accese?" le avevo chiesto.

Ma subito le avevo suggerito la risposta

"È mancata la luce?"

Volevo una risposta logica e temevo non l'avrei avuta.

Un "Sì" le usciva dalle labbra mentre io pensavo che in quel periodo era molto stanca. Forse era ricorsa a una sorta di au-toipnosi per rilassarsi.

Era malata di ipercinesi, mia moglie. Attiva e compulsiva fino ad attraversare periodi di profonda prostrazione.

Sapevo che non era mancata la luce. L'avevo appena accesa in ingresso. Avevo aperto la porta dello studio con la sensazio-ne che l'avrei colta in flagrante, di cosa non so. Ma allora ho creduto di farlo. Ho fatto piano, comunque, per evitare di sve-gliarla se si fosse addormentata sul divano.

Non ci pensai più, così gestita dal mio pensiero e così mani-polata dalla logica, la situazione non era degna di nota. Come era sottovalutabile il breve smarrimento che avevo provato nel vederla sedotta dal gioco ambiguo di fuoco di spada di occhi.

Ed ora imbocco la via e in pochi passi sono al numero civi-co che mi aspettavo.

Mi solleva il pensiero che non stavo delirando.

Sono fermo davanti alla porticina del negozio. Mi pare listata a lutto. L'opaca vernice nera contorna la vetrina di poveri cani, di poveri gatti. C'è la testa di un cavallo oggi. Manto nero criniera al vento e narici dilatate. Occhi accesi da lampi. Insolitamente vivo sembra voler uscire dalla piccola tela che lo imprigiona e correre impazzito verso la propria morte.

No, quel cavallo non è ancora morto, non del tutto.

Lo vedo scalpitare nel vuoto, delineo un corpo forte e muscoloso che non vedo.

Faccio un passo indietro spaventato.

Sta per uscire e sfondare il vetro.

Sta per correre in strada travolgendo passanti.

Sarà strage dove i suoi zoccoli colpiranno l'asfalto con la durezza cornea di una vendetta.

Sarà lui la mia vendetta?

Un attimo. Cosa sto farneticando?

Torniamo al problema concreto.

Era risolto e io mi sto cercando complicazioni.

"Non ora" mi ripeto "Non ora".

Spio nell'interno.

Una vecchia magra e bassa, con i capelli dipinti su un teschio rivestito di pelle, esigui muscoli contratti sul volto, una carta ispessita e arricciata l'epidermide che malamente cerca di mascherarli.

Una donna agitata e gesticolante, veemente, sta litigando con la pittrice.

Mia suocera.

Deduco che la conosca attraverso mia moglie, suppongo che la bionda russa abbia disatteso le sue aspettative.

Non aveva animali mia suocera per quanto ne so.

In passato potrebbe essere.

Mia suocera pensa sempre che gli altri la ingannino o vogliano approfittare della sua buonafede. Così chiama lei quella fragilità patologica maturata nel tempo che la rende timorosa fino a trasformarsi in rancore preventivo.

Sulla porta del retro, la madre della russa troneggia silente, le braccia conserte, fulva e grossa.

Ha gli occhi del cavallo, gli stessi.

Si accendono sul buio dello sfondo.

Non mi sarebbe possibile vederli se non fossero tali.

Tace e guarda come sempre.

Mia suocera esce imprecando.

"Hanno un altro retro lo so, ma loro lo negano. Quelle troie. È nascosto, il più nascosto possibile. È in fondo a un corridoio, ha una porta in legno. È chiuso con sei serrature, ognuna si apre con sei giri e sei gradini portano a un locale buio. Ci sono candelabri dovunque le candele sono nere, c'è un tavolo al centro. Le chiavi le tiene quella troia della madre, ha lei il potere di aprire la porta quando vuole. Ci fanno tutte le porcherie del mondo là dentro. La vecchia, sua figlia e mia figlia e il figlio di mia figlia!"

Mi guarda e non mi conosce, mi parla come se fossi io, suo genero.

"Sono streghe. Depravate. Mia figlia è come loro!"

La prendo per un braccio e inizio a scuoterla per farla tornare in sé.

Sono sconvolto

"Sua figlia ha un figlio?!"

Allora è vero. La testa non regge alla pressione interna, il sangue è irruento come la piena di un fiume.

Lei mi guarda pallida e cadaverica, mi guarda e trema, mi guarda e piange.

"Cosa ho detto?! Perdono! Mia figlia è una santa ingenua e sprovveduta, mia figlia è una povera vittima incapace di reagire. La stanno plagiando!"

"Il figlio" urlo "Il figlio! Voglio sapere del figlio!"

Abbassa gli occhi

"No non ha figli. È pazza se lo inventa."

Mi guarda ora, senza riconoscermi, allarga gli occhi versi dietro le lenti degli occhiali e mi lancia uno sguardo implorante.

"Non entri" mi dice "Non entri. È pericoloso".

Fugge. Il suo passo è deciso. La osservo mentre si allontana. Attraversa la strada con prudenza e mentre si volta verso la mia direzione per non essere investita, è pacata e ricomposta.

Non entro, ma non me lo impedisce la paura. È che penso di avere capito finalmente.

Mia suocera è pazza.

Ha inculcato in mia moglie l'idea del figlio fino a farla sentire in peccato per non averne.

E ha fatto impazzire anche lei.

La psicosi, l'ossessione sono contagiose.

Obbligano a crearsi ossessioni per non essere divorati da quelle altrui.

La bocca di mia suocera è larga e sottile, divora.

Ragionando potrei considerarmi alla soluzione di questo delirio collettivo.

Il negozio della pittrice d'animali morti è all'indirizzo che avevo dato all'avvocato - ci sarà stato un disguido.

Macabro, certo, con la sua anima nera che si dichiara a prima vista nell'ingresso ambiguo, un campanello, quel carillon che avvisa l'apertura.

Fuori luogo, mi sembra, e fuori tempo.

"Ma queste cose piacciono oggi" mi rassicuro.

La pittrice-commessa... mi ha fornito lei stessa la spiegazione... le difficoltà di inserimento in un altro paese... problemi di sopravvivenza dunque.

E l'aspetto equivoco delle due donne... frutto di tradizioni diverse, una cultura lontana che viene dal freddo, da secoli di storia tutta loro.

Anche questo è chiaro.

Di seguito: mia suocera è pazza.

Ha fatto impazzire mia moglie.

Il figlio? Un'ossessione di cui si è convinta per assecondare la follia della madre.

E follia produce follia.

Anche la mia, ma per fortuna ho interrotto la catena.

Adesso me ne vado a casa ben felice di chiudere la porta e stare al caldo.

I fantasmi non verranno stanotte.

Non li aspetto.

Prendo un taxi e mi faccio portare in piazza Duomo.

Mi voglio godere la vita degli altri, sapere che esistono, che mi si muovono intorno e che mi somigliano.

Beata salvezza.

Il tempo è cambiato. Sembra una sera di Novembre dove la foschia e la luce si fondono.

Potrebbe essere un improvviso anticipo di primavera.

Il vento è tiepido, non fa più freddo.

Mi sento protetto dal calore della terra.

È una di quelle sere d'inizio Novembre dove guardi in faccia la vita e la morte e ti senti tranquillo.

Perché la morte è accoglienza, un ritorno all'abbraccio del terreno.

Una vita segreta che matura tra le zolle e sale, sale fino a che trova la luce.

E io stasera seppellisco la mia follia.

E stanotte sconfiggo la morte.

Ho capito una cosa semplice.

Fino a qualche giorno fa, prima che conoscessi la realtà dell'impossibile, mi attaccavo alla mia vita come se fosse l'unica.

Ora so che la follia è solo questo: la realizzazione dell'impossibile.

So che la vita non è una.

Si rinasce e ancora si rinasce.

Stanotte, notte di quiete in assenza di demoni, io ritorno alla vita mondana.

Penso che rintraccerò mia moglie.

Dimenticherò la vendetta.

Dovrò starle vicino, farla curare. L'ho lasciata da sola, non capivo che demone fosse sua madre.

Mia suocera. Un mistero.

Involucro dolce che nasconde crudeltà.

Mia suocera.

La realtà dell'abbandono.

Mia suocera aveva venduto l'anima al marito e per lui deformava la realtà in modo che non lo allontanasse da lei.

Aveva trasformato la figlia in un mostro, perché il padre non la amasse più di quanto amasse lei.

Mia suocera è pazza.

Avevo pensato fino ad allora fosse stata la morte del marito a esacerbare il suo animo.

Ma non basta.

Qualcosa la rodeva dentro, le consumava la carne, persino le ossa. Mia suocera si contraeva e rinsecchiva per motivi più profondi. Io non li conosco.

Penso neppure mia moglie.

Farò ricoverare mia suocera, curare mia moglie e riprenderò la mia attività.

Mi farò aiutare per un breve periodo, da uno psicologo o da un analista per consolidare la ritrovata normalità.

Per adesso mi strofino le mani dal piacere di essere vivo in mezzo agli altri; penso al calore di casa.

Mentre attraverso piazza del Duomo e sorrido ai passanti penso a mia suocera come a una strega del medioevo condannata dal diavolo a vivere il questo secolo. Pena feroce. Condannata alla follia.

La considerazione non mi turba.

Le streghe muoiono oggi.

Nei reparti psichiatrici le curano privandole della gloria del rogo.

Solo un attimo di sbandamento e torna la sequenza del volto di mia moglie illuminato dalla fiamma, catturato dai riflessi della lama.

Vedo la piccola spada incandescente.

Vedo il volto di mia moglie appagato dall'amplesso col fuoco.

Passa subito.

La considero una convalescenza e mi compro un cartoccio di caldarroste.

La mia casa mi accoglie e non è ostile, le mie cose, i miei ricordi anche.

Ne salvo qualcuno.

"Dovrei riprendere tra le mani le foto del matrimonio."

Ricordo d'improvviso che la sofferenza è iniziata di lì.

La mia malattia… non posso rinnegarla, ma neppure posso affrontare sfide pericolose.

Rimando.

Cerco di cogliere le voci dei vicini.

Parlano come una coppia qualunque, la sera.

Sono beatamente solo.

Apro ogni porta per avere la casa sotto controllo.

Le porte chiuse mi procurano disagio.

Le ombre non mi hanno inseguito e i miei demoni rimarranno prigionieri della loro tomba.

Forse un giorno porterò loro dei fiori, non stasera.

Mi corico sul divano le mani sotto la nuca, rilassato.

Accendo la TV. Provo piacere a farmi cullare dalle voci di altre persone.

Neppure le collego. Lascio che scorrano come il fluire dell'acqua.

Lascio le tapparelle alzate.

Mi va la luce in strada.

Ma il vento che disturba l'armonia fino a un attimo fa non c'era!

Il mio cuore si allerta.

Batte frequente, non dà tregua.

Non mi sposto dal divano e penso che il mio stato emotivo è provato.

Uno scroscio d'acqua mi calma. "Piove. È cambiato il tempo".

E penso al clima variabile della giornata, a quell'aria novembrina che probabilmente era un anticipo di primavera nascosto tra le pieghe dell'inverno.

Tengo gli occhi chiusi con tutta la forza dei piccoli fasci muscolari che manovrano le palpebre.

Il cervello è sedato, ma ho perso la serenità.

"È la vita" mi dico.

Vorrei dormire ora.

Il sonno è preceduto da un piacevole senso di vuoto, così almeno ricordo dei giorni in cui vivevo in pace apparente.

Il distacco momentaneo dalla vita.

Si allontana con discrezione ed è bello quando sai che dopo le ore di riposo tornerà a svegliarti.

Ora il vuoto si avvicina.

Mi sussurra piano, si impossessa delle membra.

È gradevole, devo abbandonarmi e accettare l'idea del sogno.

Il vuoto si dilata in tutto il corpo, il cuore batte calmo, i visceri riposano e se il sangue scorre non me ne accorgo.

Il vuoto sale, mi arriva alla gola.

Mi manca qualcosa, annaspo.

Voglio reagire.

Ho paura.

Il vuoto mi vuole conquistare il cervello.

È assoluto.

Sono solo.

Il vuoto non è pace è mancanza di tutto.

Della vita in primo luogo.

Non c'è peso, la caduta non ha fine.

Che qualcuno mi salvi!

Dove sono i miei demoni?

Senza di loro mi perdo, senza che mi inseguano, senza che mi diano la caccia, non sono.

Morto, morto e dimenticato da tutti dal mondo dalla gente da mia moglie.

Senza di loro il mondo non ha consistenza, non esiste non è mio.

Non possono lasciarmi.

Senza le ombre da cui devo fuggire, senza l'ansimare della corsa, senza il tormento di un'ossessione.

Senza il ballo persecutorio intorno al mio letto intriso di sudore e piacere.

Senza l'urlo della vendetta, senza il teschio dipinto del capo di mia suocera e gli occhi del diavolo sulla testa del cavallo in vetrina, come posso sentire che vivo?

Sono loro il mio mondo e io sono il mio sogno.

E voi salvatemi dal precipizio senza fondo - dallo spazio senza le stelle.

Le vedrò quali sono rocce fredde o infuocate avvolte dai gas.

Avrò paura.

La mia follia...

Non posso perderla ormai.

Da questo punto non si torna indietro.

Sono paralizzato dall'angoscia di perdermi, perdere il corpo, dimenticare il contatto col caldo che sprigiona la vita animale.

Sono ghiaccio che non si scioglierà. Sono ghiaccio che non sente freddo.

Eppure un corpo mi si distende affianco.

È buio e tengo gli occhi chiusi.

È morbido caldo. Il contatto è progressivo accogliente.

È donna.

Mi fiata qualche parola e la infila nell'orecchio.

Non le colgo, ma è la voce della russa.

Un altro corpo si avvicina.

Ho sempre gli occhi chiusi.

È immenso, è molle, ci abbraccia.

Non voglio svegliarmi.

Questo è l'attimo che l'uomo ha inseguito.

Sono felice.

Ma i miei demoni ora sono carne.

Mi sveglio di soprassalto.

Una violenta deflagrazione.

L'esplosione mi scuote il cervello e mi obbliga a sbarrare gli occhi.

Non ho attimi per prendere coscienza di essere al mondo.

Il lampo di luce colpisce il mio letto, rimbalza sui muri, indaga ogni angolo della stanza.

Sembra che cerchi qualcuno o qualcosa, poi punta diretto il viso e si allarga devastando di bagliori la mia vista.

Sono cieco per troppo chiarore, mi scaravento ad una finestra.

La vista riprende e si incunea fra le tende discoste.

Vedo lingue di fuoco che si allungano dai vetri spalancati del palazzo di fronte.

Insultano il cielo notturno deridendo la sua compostezza.

Strizzo le palpebre e le tengo chiuse per molti secondi.

Quando le riapro vedo la luce sbiadita dell'alba, un cielo annoiato, la stanchezza di una nuova giornata.

Mi volto verso l'interno della stanza.

La penombra la stinge e la rende monotona.

Mi sento strano, come fossi sedato.

La calma mi domina.

Guardo e riguardo, scopro il posto di ogni oggetto.

Non sono turbato. Per niente.

Neppure dai rumori che vengono da dietro la porta.

Mi sembra normale non essere solo.

Sul divano, davanti alla vetrata ampia, aperta sul colore indeciso della prima mattina, sta seduta una donna.

Bionda, capelli lunghi ondulati, occhi chiari come la steppa sotto la neve, quando la luce la sfiora dal basso orizzonte. Ha un volto ovale, labbra morbide. Sprigiona la sofferenza del freddo dell'anima.

L'impossibilità.

Mi fissa con lo sguardo immenso che sembra perdere l'obiettivo, va oltre la mia presenza, non so dove.

Oltrepassa la stanza e il palazzo, sfugge alla via, alla città intera, si perde e disperde.

Sembra eterno.

"Chi sei?" le chiedo.

"Non mi riconosci?"

"Non penso di averti incontrata mai."

"Ti sbagli. Mi hai conosciuta questa notte."

Mi avvicino e la tocco.

È vera.

Mi siedo accanto a lei.

"Ma stanotte non c'era con me la pittrice… non da sola… con la madre?"

"Io sono nell'anima di tutte due, sono io che ti ho amato."

"Ma i corpi erano due!"

"Sempre io, io soltanto."

"Ma una donna grassa ci ha abbracciato!"

"Ero io, io soltanto."

Avvicino la mia bocca alla sua.

Non si scompone.

Rimane immobile.

Le labbra sono fredde.

Mi ritraggo e la guardo.

Le scendono lacrime dal cielo invernale.

Le tocco.

Anche queste gelate come pioggia di Gennaio.

"Non stai bene?" le dico.

Non risponde, si alza si allontana si ferma mi guarda mentre è in piedi.

"Sono stanca" due parole.

Gli occhi girano lontani, non esistono.

Gli occhi sono fatti dalle sue lacrime.

"Perché piangi?"

"Piango sempre e se smetto non esisto."

"Ma stanotte?"

"Io piangevo, non mi vedevi."

"Ma io ero felice."

"Ora non lo sarai più."

Apre la porta e la richiude dopo essere uscita.

La rincorro in tempo per vedere la porta d'ingresso che le si chiude alle spalle.

Corro alla finestra e osservo il marciapiede con attenzione, voglio vedere dove se ne va.

Aspetto minuti, passa mezz'ora.

Non esce.

È ancora nel palazzo.

Prendo le scale.

Salgo, scendo le rampe di corsa.

L'ascensore!

Non la trovo.

Inseguendola l'ho persa.

Rientro e mi piazzo alla finestra da cui spiavo la sua uscita.

Ci sto ore senza fiato.

Il giorno vira e gira come un carillon percorrendo le sue tappe.

Supero il mezzogiorno e il pomeriggio.

La luce diventa opaca e nebbiosa quasi il vetro della finestra fosse impastato di polvere e pioggia asciugata.

Ho visto succedersi le ore, registrato l'intensità del traffico, misurato la concentrazione del movimento pedonale nelle varie direzioni.

Avrei potuto fornire grafici attendibili all'assessorato della viabilità.

Ma non avevo numeri per contare e misure per misurare.

La concentrazione pedante e ossessiva ha trasformato la lentezza in attimo.

Tutto è stato rapido come un effetto speciale, la noia dell'osservazione è volata inavvertita.

Il mio cervello è rimasto immobile.

Il mio cervello e i miei occhi fermi sul punto che mirano.

Non li sposto dalla linea d'attesa.

Aspetto che passi o che torni.

Fino alla notte.

Non soffro per questo - è l'unica esigenza che avverto.

Voglio che mi ritrovi dove mi ha lasciato.

C'è un posto solo per la magia ed è quello.

Se qualcosa cambia il mio attimo non torna.

E respiro rispettando una cadenza.

Non ascolto - per non deconcentrarmi.

Non mangio e non bevo per essere uguale all'altra notte.

Niente, neppure una goccia d'acqua può modificarsi.

Voglio solo che torni.

Il buio è davanti.

Ha schiacciato la foschia sull'asfalto rendendolo lucido.

In alto sono stelle.

Io - in stand-by.

In un attimo le luci dei lampioni, giù in strada, si spengono.

In quell'attimo scompaiono le insegne luminose.

Uno stop all'erogazione di corrente.

Guardo la notte.

Gli unici punti luminosi sono stelle.

Brillano ora come astri di una memoria lontana.

E io mi sento venire meno.

Io sono uguale al mondo, appartengo a questa dimensione.

Niente mi alimenta ora e la mia volontà non ha tasti che la possano sbloccare.

Vivo come computer.

Il cervello non si alimenta; se la città va in blackout e se niente vortica intorno, io muoio.

Non ho alternative.

Ho mangiato il caos per anni, decenni, servito in un piatto al bar sotto l'ufficio.

Il sapore somigliava ogni volta a quello del giorno prima, sempre anticipava quello del pasto seguente.

Città, latitudine, longitudine anni schiacciati fra un millennio e l'altro, già scordati nell'atto di viverli.

Nei miei ultimi giorni ho mangiato il caos con le mani, ingoiato fra paura e ingordigia.

Vomitato.

Ha sapore di sangue e di vagina consistenza di carne e profumo di droghe.

Ma in questa pianura si parte e si arriva al capolinea con la bocca acre di un pasto che è rimasto nel piatto troppo a lungo. Rancido tale e quale la puzza di smog sul cappotto.

Tutto in fretta, fra il frastuono, in un tunnel di scie artificiali.

Schiacciato dalla calca di altri umani che premono addosso e non sai dov'è il limite del tuo corpo.

Dove inizia il corpo del vicino.

E l'odore di carne che si mischia.

E la pace con te stesso rimandata all'ultimo pasto.

Senza grazia concessa, condannati nell'ultimo fiato a provare il sapore del sangue che rovescia dal corpo ai piedi di un letto qualsiasi.

Io mi alimento così.

Nel blackout cittadino, mi si spegne il cervello, ma il sapore che impasta la lingua permane.

Si stacca la spina ma non è paura.

È la corrente che non viene più erogata.

È coscienza che il mio cervello degenererà in poche ore.

Ne sento il fetore.

È sottile per ora.

Viene di lontano.

Aumenterà.

Non ho scorte.

Le mie ombre… ora le ricordo.

Non esistono… non più.

Io non sono più umano.

Mi accovaccio in un angolo.

Mi siedo.

Non ricordo se non una frase che torna a battere ossessiva.

"Ora piangerai anche tu."

È falsa - non piango. Non ho paura - non ho turbamenti - non ho braccia - non ho gambe.

Cioè non sono.

Non sono!

Ho buttato la vita attaccato a questa vita.

Forse il cielo c'è ancora.

Ho guardato verso il pavimento per minuti, ma se faccio ancora uno sforzo riesco ancora a muovere la testa e trovarlo…

Alzo gli occhi e le fiamme lo stanno bruciando.

Come può bruciare la notte?

Sono lingue di fuoco che giocano a sfiorare la terra.

Mi cercano, si indirizzano verso di me, mi inceneriranno.

E una sirena mi ferisce l'udito.

Porto istintivamente il palmo delle mani a proteggere le orecchie.

I lampioni si riaccendono.

Le insegne si riattivano a intermittenza fino a che si stabilizzano.

La sirena tace.

Si è fermata sottocasa.

Sento correre per le scale, sono due, forse tre o anche di più.

Urlano sul pianerottolo. Più voci. Una è femminile e lacera l'aria ferma del pianerottolo nella notte.

È un incubo mai vissuto.

Il pavimento lo lavano un paio di volte la settimana.

Qualcuno prende le scale perché è claustrofobico.

Finisce lì.

Apro d'istinto.

La donna che abita di fianco ha il volto dell'orrore.

Le cola il sangue dalla fronte, le ha intriso i capelli, grida e si agita come un'ossessa.

È meno di un attimo.

Ho già chiuso e lo stomaco mi esce dalla gola.

Vomito il niente che ho ingoiato durante la giornata e inizio a tremare.

Il sangue… ho visto sangue… allora esiste… e scorre.

Non usciva da un taglio qualsiasi, non era un infortunio domestico. Non si è ferita affettando il salame…

Il sangue scorre e se ne va dal corpo… si porta via respiro e battito. Assorbe l'anima e la rovescia dove viene… sul pavimento di marmo bianco venato di grigio…

Allora in questa città scorrono fiumi di sangue segreti, come i corsi d'acqua nel sottosuolo… incanalati nei corpi della gente che passa… fiumi e fiumi d'odore acre sigillati nelle arterie, nelle vene, in ogni piccolo vaso…

Anche nel mio corpo scorre sangue.

Mi alzo a fatica, le mani sullo stomaco che duole.

Entro in bagno - una lametta - non ne trovo.

In cucina - un coltello qualsiasi… no, uno che tagli.

Incido leggermente un avambraccio. Esce sangue. Poco, di debole rosso. Tagliuzzo superficialmente, è un gioco.

Poi decido - incido.

Esce rosso, acceso come tizzone d'inferno.

Bruciano entrambe le braccia.

Disinfetto, getto alcol, è un incendio.

Vorrei un fiammifero e accendere l'alcol di fiamme.

Invece stringo le braccia martoriate nelle bende.

La testa gira mi sento impallidire.

Vedo il vuoto.

Probabilmente svengo.

Mi sveglio quando ancora è notte.

Mi rendo conto di quello che ho fatto, ma non so che cosa mi ha spinto.

Sulle scale è trambusto.

Non finirà mai.

Non finirà.

Sto aspettando che ricominci il giorno, le ore di luce.

Sarà l'ennesimo giorno senza che io capisca.

So che in questo condominio medio-alto scorre il sangue.

So che esiste nelle nostre ore e pulsa e batte nei nostri corpi.

So di esistere e di avere sangue dietro la faccia rasata che troppe volte si è specchiata, dentro il collo strizzato in qualche ridicola cravatta nelle serate importanti.

So se che sento bruciore so che voglio ferirmi per sentire che vivo.

So che questa città che culla le sue notti nella sicurezza delle luci sempre accese, so che ognuno dei suoi residenti che difende coi denti la sua media esistenza, so che vibra di impulsi non detti.

So che non ne è cosciente, ma vuole che il sangue si veda e che scorra.

Vuole annusarlo come qualsiasi animale carnivoro.

Vuole uccidere e vivere, morire e nascere.

Di quel poco che so ora sono sconvolto.

E piango.

Forse è la prima volta da quando posso ricordare che piango per smarrimento e dolore di vivere.

"Ora piangerai" me l'aveva detto.

Mi devo dare una ripulita cambio pantaloni e camicia, ma le maniche non bastano a coprire le bende.

Non importa.

Infilo una giacca e il cappotto per andare incontro a un epilogo.

Non ho idea di niente. Non ho ipotesi.

So che un epilogo mi spetta di diritto a questo punto.

E mi trascino stanco, indifferente al mondo.

Non so quale sia il mio volto.

Non mi interessa.

Lo sfascio della fisionomia mi rispecchia più di quanto potrebbe fare tratti somatici definiti.

Sono scacchi e sfumature.

Un accenno di naso che vola nel cielo e un cumulo di carne informe abbandonata sulla terra.

I miei occhi sono chiusi eppure guardano, la mia bocca non ha linea d'apertura.

E le membra pesano e la testa pesa e si piega da un lato.

I miei occhi fuggiti sul palazzo di fronte mi guardano vuoti.

La voce non ha motivo di uscire.

Ed è così che me ne andrò in giro per Milano e dintorni.

Muto e con occhi che mi guardano da un muro o dai tetti dall'ombra e nella nebbia.

Voglio vedere e vedermi.

Come io non avessi né cuore né cervello.

Così scendo le scale.

Incrocio più inquilini di quanti ne passano, su queste scale, una settimana intera.

Hanno paura di chi possono incontrare in ascensore.

Se accesa una scintilla in loro.

Si guardano negli occhi e nessuno saluta nessuno.

Sono attratti dall'odore di sangue che non se ne va.

Hanno spavento nello sguardo, hanno contratture sui visi.

Sono pronti alla fuga o a una reazione aggressiva.

Si scrutano e indagano nell'attimo in cui si incrociano.

Chi attacca per primo?

Chi soccombe?

Chi sopravvive e chi vive?

Chi è già morto?

Io, con gli occhi senza sguardo, do loro l'impressione di essere indifeso e indifferente.

E sono ancora più debole.

Sul soffitto che sovrasta il pianerottolo all'ultimo piano, il mio sguardo ci vede.

Mi consiglia di urlare.

"Cosa volete da me?! Non sono stato io! Siete pazzi?!"

Non provo neppure a emettere un suono e scendo muovendo il profilo del mio corpo.

Ho delegato me stesso a quegli occhi fuori posto e io sono indifferente.

Se piangeranno, pioverà. Tutto qui.

Mi bagnerò forse, se non sono impermeabile.

Il rumore di infinite mandate riecheggia e si moltiplica imprigionato nella tromba delle scale di un condominio medio-alto in via …….. a Milano.

Si chiudono in casa. Non vedevano l'ora.

Porte serrate.

E io sono in strada.

Nessuno ha dormito in questo palazzo.

Chissà se quella donna è morta?

Fa freddo, lo so. Ma non provo più fastidio.

La nebbia che piove, il marciapiede vuoto di passi.

La strada deserta o quasi.

Che ora è?

Sembra chiaro come sono le ore della mattina, ma la nebbia confonde.

Tutta la via è sotto l'effetto della tragedia consumata sul mio pianerottolo.

Un silenzio ambiguo accompagna quei pochi che camminano.

La nebbia si infittisce e toglie la possibilità di vedere qualche metro oltre.

Una mano mi si poggia sulla spalla.

Non mi volto neppure, il mio sguardo dall'alto mi rivela che è una donna.

Ha occhi grandi e capelli chiari, come se il sole li avesse decolorati.

Mi prende la mano e stringe.

Non scappo.

Mi accompagna.

E io salgo su un tram.

Le rotaie sottili incidono l'asfalto. Tracciano un percorso di cui non si intravede la meta.

Tre gradini.

Il vagone ha una doppia prospettiva.

Se è un cuneo che buca il vuoto, ha la punta tranciata di netto.

Il conducente, di spalle, ha il volto riflesso nel vetro.

Se è una parallelepipedo, è regolare.

Una scatola dal contenuto scarno.

Io la donna e altri due.

Uno seduto sulla fila di destra, l'altro, arretrato di qualche posto, sulla fila di sinistra.

Prendo posto sul fondo, lei di fianco.

Mi aggiusto il cappotto sulle gambe con un gesto consueto a chi siede fra sconosciuti.

Un gesto d'imbarazzo e di implicita scusa per essere estraneo alla ressa. Qui ressa non ce n'è, ma fortuna vuole che i miei gesti non abbiano più alcun legame con uno stato emotivo.

Non provo imbarazzo, non chiedo scusa di esserci; seguo le sottili rotaie mentre guida qualcun altro, mi muove una linea invisibile e non voglio conoscerne il criterio.

Neppure vorrei unire i punti che la compongono.

Neppure esiste chi la muove, un pezzettino per uno; un

paio di cm al conducente, uno a testa ai due passeggeri che mi danno le spalle...

Non mi stupisco quando mi ritrovo una pistola sulla coscia di destra. La prendo tra le mani e la rigiro. Corta, maneggevole... facile.

"La userai" mi arriva all'orecchio.

"Non ne puoi fare a meno" aggiunge.

Può darsi.

Per il momento quando il tram cigolando rallenta e si ferma, scendo e lei dietro.

L'edificio del giornale.

Imbocco l'ingresso e le scale.

Il deserto ha conquistato la città, senza sabbie senza rocce o pietre.

I sopravvissuti sono rari.

Passano.

Potrebbero essere miraggi o l'ombra vuota di chi fino a ieri viveva.

Entro nella mia stanza, accendo il computer, aspetto l'avvio e me ne vado.

Chiudo la porta a chiave e la infilo nella tasca dove tengo la pistola.

Una persona.

Un'ombra, uno spazio occupato.

Qualcosa ho incrociato, non so come definirlo.

Il grigio domina e colora l'unica forma in movimento che incrocio. Non la conosco. Non mi riconosce.

Sopravvissuti. Sono e siamo tali. Un popolo di ombre ha sostituito chi è rimasto vivo.

Cosa sia successo non so. Non ne ho avuto coscienza.

La catastrofe ha coinvolto la mia mente; nel frattempo anche i vicini.

Si è estesa al condomino, poi alla strada.

Ed ora è la città a vivere la mia follia.

Individui rari, senza emozione nel volto.

Indifferenti alla fine improvvisa e inspiegata.

Sembrano ormai provati della loro volontà.

Forse per nessuno ormai vale la pena continuare.

Questa donna vicino, questa donna che mi ha predetto lacrime.

Al momento potrebbe apparire come un dono.

Dal cielo continua a piovere.

I miei occhi mi vedono sospesi nell'aria umida mentre io guardo altrove.

Mi seguono, registrano ogni mio movimento.

Mi rifugio sotto un portone, inzuppato d'acqua, stanco.

Lei mi segue e si stringe al mio braccio.

Chiede protezione; la sento come sentirei una donna che mi vuole stare vicino.

È un movimento intimo che mi imbarazza.

Sento un soffio di calore, il tepore di un essere vivo.

E il ricordo si dipana per un attimo.

Due figure maschili si avvicinano a un ragazzo dall'altra parte della strada.

Sono simmetriche, potrebbero essere l'uno la proiezione dell'altro.

Vestiti di grigio entrambe, come tutti.

Il ragazzo in jeans e giubbotto è un flash di colore.

Lo prendono per le braccia e lo spingono in un'auto che nel frattempo si è accostata.

L'idea è di due poliziotti in borghese che stanno arrestando il ragazzo.

L'auto parte.

Io d'istinto esco dal vano del portone e sparo ai due.

L'auto si ferma.

Li centro come se avessi pratica con quella pistola.

Il ragazzo ha uno scatto di paura, sale in auto per proteggersi dai miei colpi.

L'auto sgomma.

Sparo ancora per colpire i pneumatici.

L'auto sbanda e si schianta contro il muro di un palazzo.

Sono senza pensiero. La mia condizione mi aiuta ad agire.

Niente più è complicato da un 'se', immunizzato al divieto, supero i confini del lecito senza pormi dilemmi.

Guardo la donna triste che piange

"Hai ucciso tuo figlio" mi dice.

"Mio figlio!?" urlo fino ad offendere le corde vocali.

La gola fa male.

Il cielo è arido, asciugato d'un tratto quasi risultato di un artificio.

"Mio figlio?" le domando con la voce roca, bassa fino alle soglie di un dolore improvviso.

Lei annuisce.

"Chiama un'ambulanza, fa' qualcosa" scongiuro conscio di avere ucciso non si sa chi solo per riflesso condizionato dall'immagine che stavo guardando.

Davanti agli occhi mi era apparso un sopruso o almeno così l'avevo interpretato.

Oppure più semplicemente: a violenza violenza.

Senza legge, senza insulto al senso morale.

"Non c'è nessuno da chiamare" è lei che ci tiene a precisarlo, io non chiedevo più.

Io mi stavo avvicinando all'auto contorta dall'impatto.

Guardavo sangue che colava dalle lamiere.

Ancora due colpi.

Li ho sparati ad uccidere la terra.

Mi hanno chiamato dall'obitorio per riconoscere il cadavere di un uomo giovane, età intorno ai vent'anni.

L'ho riconosciuto.

È successo qualche giorno dopo l'incidente d'auto a cui ho assistito.

L'ho visto rigido sotto il lenzuolo.

Ne ho seguito la sagoma con gli occhi.

L'ho visto in viso.

Ho visto un volto svuotato di se stesso.

Ho pensato, nel tempo breve di pochi secondi, che una statua ha più vita di un morto.

Ha i capelli neri, lineamenti mediterranei.

E gli occhi si sono aperti, scuri, intensi.

Si sono aperti giusto il tempo di farsi riconoscere.

Mi ha lanciato addosso un grido di dolore, la rabbia, il disgusto, l'amore tradito.

Gli occhi di sua madre e la faccia del marinaio che ho conosciuto durante la sbronza più forte della mia vita sulla banchina del porto di Odessa.

Gli occhi si sono chiusi e nessuno li aveva visti, oltre il sottoscritto.

Lei ormai vive con me.

La donna che mi era accanto il giorno in cui ho sparato a due uomini e alle gomme di un'auto.

È silenziosa, ma risponde alle mie domande.

Le ho chiesto perché la polizia non si è fatta viva.

Ho ammazzato due persone e causato la morte di altre due.

Fra di loro c'era un ragazzo che ho riconosciuto.

L'avevo già visto e l'ho detto.

Mi hanno preso per pazzo e lei ha detto due parole ai presenti, mi ha preso la mano e ci siamo allontanati.

Le ho chiesto perché mi hanno chiamato a riconoscerlo.

Mi ha detto che non lo sa, che forse lo so io.

Ed ora aggiunge che non ha importanza è difficile tenere il conto dei morti ammazzati oramai. Mi risponde che nessuno mi farà mai niente e che con ogni probabilità nessuno ci ha fatto caso se non me motivi anagrafici.

Sembra che ora non pianga più.

Non so perché stiamo insieme, ma è andata così.

Non l'ho ancora toccata. Per me lei non è materia.

Sono convinto che sia l'immagine che ho creato io stesso. Le mie ossessioni, il disastro che si è rivelata essere la mia vita.

Una realtà virtuale? Può essere.

Ma ho anche altre ipotesi e non voglio toccarla perché so per sentito dire che certe realtà non si toccano.

Da giorni ho la certezza che esiste una soglia e ce l'ho davanti in ogni ora, in ogni frangente.

Mi basterebbe un passo e l'avrei superata.

Ma io quel passo non lo farò mai.

Parola dell'uomo che è rimasto in me.

Mentre fuori sparano e urlano.

Mi affaccio e non capisco cosa sta succedendo. Da qui, dalla finestra del mio quarto piano, sembrerebbe uno scontro tra un gruppo di fantocci agitati e l'altro composto di burattini organizzati.

Ma il sangue che scorre mi rivela la composizione di sagome e burattini.

Alcuni a terra, vuotati di se stessi, senza fili, senza ordini che ne guidano i movimenti.

Quando torno al giornale ormai nessuno mi vede e io fra i pochi rimasti non conosco nessuno.

Mi piace sfogliare qualche copia, leggiucchiare qua e là e sapere per es. che è morto in uno scontro a fuoco un marinaio proveniente da Odessa implicato in traffici di alcol droga e armi.

Mi apre una finestra sul mondo.

PARTE SECONDA

Capitolo primo

Ogni storia ha un inizio.

Anche questa ne ha uno e sembra impossibile.

Arbitrario, fittizio.

Opportunistico.

Comunque opportuno e tutto ha avuto inizio dallo specchio.

Mia moglie, ai tempi in cui ancora era tale, un giorno d'inverno di molti anni fa, era in bagno.

La luce del sole la investiva colpendole il lato sinistro del viso.

Lei si stava aggiustando, progettando se stessa in quel giorno freddo e solitario.

Pareva una giornata strappata dall'ordine del calendario.

Senza un prima, senza dopo.

Posticcia e assoluta quanto insolente verso chi era costretto ad attraversarsela tutta, ora per ora.

Mia moglie era bella, lo era ancora, ma in quel giorno infreddolito da se stesso era stanca, emaciata.

L'ho intravista dalla porta semiaperta.

Mi sono soffermato a osservarla.

Io la guardavo, lei fissava lo specchio.

Abbiamo passato così un tempo senz'altro eccessivo per l'inconsistenza della situazione.

Poi lei si è voltata con gli occhi cerchiati.

Mi era parsa spaventata.

Ma da chi? Mi domandavo.

Da se stessa era l'unica possibile risposta.

Mi sono avvicinato, le ho parlato.

Penso di averle chiesto se stava bene, se aveva dei problemi.

Credo, almeno.

In realtà quanto sono vive le immagini, tanto fuggono le voci.

Sfoglio il ricordo come l'album di foto, la successione è ordinata, ma non sentivo, né voci, né rumori.

Io ricordo il silenzio e forse ho solo pensato di averle posto una domanda, invece ho taciuto.

Aveva le spalle gelide, le mani tremanti e forse fu lei la prima a parlare.

"Guarda lo specchio" mi invitava ripetutamente, esitando nella voce e nelle intenzioni.

Come se non volesse veramente.

Mi sono voltato.

"E allora?"

"Non c'è niente."

"In che senso?"

"Non mi vedo."

E mi scivolò tra le braccia fino ad afflosciarsi sul pavimento.

Avevamo pensato allo stress, ogni controllo medico eseguito nei giorni seguenti dava risultati negativi.

Tutto a posto. Stava bene.

Ma da allora non è stata più la stessa.

Capovolta, rigirata su se stessa.

Non è vero che mi ha colto di sorpresa.

Che mi lasciasse era più che prevedibile, anzi certo.

Ma come la maggior parte dei maschi sulla terra anche per me ciò che è dato è dato. O almeno lo era.

Mi andava bene così, senza nulla cambiare.

In questo senso quel momento d'inverno si è stabilizzato nella mente; fermo e invariato rappresenta l'inizio.

Perché prima di allora, per quel che posso ricordare, la vita procedeva scandita con criterio e ritmo normale.

Poteva essere raccontata seguendo un filo conduttore, un fatto dopo l'altro, qualche vuoto, qualche aggiustamento più o meno volontario.

Poi... poi è l'ordine logico che manca, ma ancora prima quello temporale.

E mi sono trovato a quel giorno, in cui sfogliavo l'album

del matrimonio, senza avere seguito un percorso che mi avesse portato dov'ero. A imprecare contro mia moglie a credermi pazzo a star male a vederla impazzire...

E anche ora che sto cercando di incollare qualche pezzo, so che è solo una tregua.

Fra non molto il caos mi catturerà, ancora fuggirò dai fantasmi... lo sento.

Ricordo ancora un particolare con precisione.

Quando mia moglie dopo essersi dissolta fra le mie braccia ed essersi accasciata sulla ceramica del pavimento, si era ripresa, insisteva nel ribadire che aveva visto allo specchio il volto della madre al posto del suo.

Era ossessiva.

Per mesi non usò più quello specchio.

Usciva, non mi diceva dove andava - da dove tornava - non mi diceva cosa e perché lo facesse.

Cambiava.

La facilità di vestire la faccia di maschere fatte di carne.

I tratti.

Ogni giorno negava il volto con cui si era coricata la sera precedente.

E io interpretavo dapprima.

Come chi deve leggere e interpretare gli eventi secondo uno schema già dato.

E spiegavo.

Pensavo che volesse mascherare così i segni del tempo, dei suoi anni.

Pensavo con un linguaggio inadeguato. Ma questo lo so solo ora.

Pensavo che ogni cosa si dovesse capire e riferire attraverso un ragionamento comprensibile a tutti.

Anche ai miei vicini di casa.

Ora non lo penso. Non più.

E ogni giorno facevo forza su di me.

Violavo un mio modo di sentire oscuro e tormentato.

Coprivo e sotterravo l'impatto con una realtà uguale e diversa.

Evidente come tutto è evidente sotto la luce del sole.

Ma le mie parole non funzionavano per spiegarmela.

I concetti a cui mi riferivo non c'entravano niente.

E sbagliavo tranquillo.

Mia suocera andava e veniva per casa.

Faceva, disfaceva e gestiva soddisfatta con il volto sicuro e trionfante di una piccola usurpatrice.

Aveva spodestato la figlia da un regno e poco l'importava in realtà per quale motivo la figlia fosse altrove.

Al contrario lei era vecchia come sempre. Impagliata sopra il suo scheletro e il suo profumo richiamava all'olfatto l'acido formico.

Convinta del giusto eterno che viveva nel suo museo cerebrale.

L'antitarme invade la casa. Riordinava gli armadi convinta di imporre i suoi schemi alla vita di sua figlia e intanto mi diceva, quelle poche volte che le concedevo la soddisfazione di essere ascoltata, che era contenta, che la figlia frequentava un paio di amiche, che usciva con loro - a volte - come fa ogni signora quale doveva diventare.

Ma io lavoravo al giornale. I miei pezzi funzionavano. Chiari - logici - informati.

Esattamente come dovevano essere, avrebbe detto mia suocera.

E una sera mia moglie mi guarda mentre cerca il pigiama nell'ordine nuovo instaurato fra i suoi cassetti e mi diceva "Quella non è mia madre".

E io

"Hai ragione" le rispondo convinto che fosse una battuta.

Lei insiste, si altera

"Quella non è mia madre!" sottolineando l'esclamazione.

Le concedo

"E allora chi è tua madre?"

"Ha i capelli rossi come la fiamma e due occhi neri come il carbone da cui i capelli si sprigionano."

Ricordo che prima di dormire abbiamo fatto l'amore.

Dopo non ne ha più voluto sapere.

Non m'importava.

Lavoravo.

Poteva fare qualsiasi cosa volesse, non l'amavo e la trovavo sempre meno attraente.

Non ne valeva la pena.

Poi un giorno ha ripreso a guardarsi nello specchio.

Ci passava delle ore.

Non importa, per me era persa.

Che si perdesse pure!

Poteva annegarci in quello specchio.

Ora mi chiedo che cosa ci vedesse.

"Vedo la vita che scorre."

Ma io non gliel'ho chiesto.

Perché ora mi torna alla mente la sua voce questa risposta a una domanda mai posta?

"Vedo la vita che scorre" ripete "vedo tuo figlio".

La sento, la cerco.

È nella stanza.

È ossessiva.

"Vedo tuo figlio."

Si fa presto a dire, ora che ci penso, ma di nuovo un demone si affaccia alla finestra e mi chiama.

Mi muovo a scatti.

Soffoco.

Non riesco a sapere cova voglio, cosa devo fare.

Mi guardo allo specchio e vedo la mia faccia.

Mi fa rabbia.

Io vedo soltanto la mia faccia, niente più.

"Non prendetemi in giro!" urlo.

Mi sta aspettando, lo vedo con la coda dell'occhio.

Cammino irrequieto - ansimo d'ansia crescente. Di nuovo la testa brucia.

Dentro la scatola d'ossa che contiene il cervello crepitano fiamme.

Guardo lo specchio di nuovo.

Vedo un volto di donna che si consuma nel fuoco, la bocca è un urlo.

Gli occhi sbarrati.

È un demone, un altro.

Sbando qua e là per lo spazio del mio appartamento.

"Vedo tuo figlio!" continua ossessiva.

A momenti sento vicina la fonte e subito si allontana.

È regolata apposta per farmi impazzire.

Guardo in alto a cercare una via di fuga. A volte si trova il cielo.

Un uccello, un grosso corvo, vola impazzito, sbatte a destra - a sinistra - scende in picchiata - mi sfiora e si alza diretto verso altezze che non trova.

Sbatte contro il soffitto e precipita.

A terra è morto o così appare.

Da dove è entrato?

Chi l'ha lasciato entrare?

Le finestre erano chiuse. Non le apro da giorni e l'aria ristagna pesante.

Una luce nello studio.

Non era accesa, fino a poco fa. Sono certo.

Chi è entrato?

È ovvio.

Mia moglie.

Da lì veniva la voce che ora tace.

Entro deciso.

La lampada della scrivania emana una luce rossastra, polverosa.

Alla poltrona è seduta una donna con lunghi capelli e grandi occhi dolenti.

Riconosco in lei chi da qualche tempo condivide con me l'abitazione.

Cerco una tregua fra me ed i demoni per poterla aggredire.

"Perché hai cambiato la lampadina?"

"Non l'ho cambiata. È sempre stata così."

"Non è possibile. Odio il rosso."

Si alza e carezza con l'indice sinistro la lampadina. Me lo mostra.

Tanta polvere non si può essere accumulata in poco tempo.

Prende un fazzoletto dalla tasca e la pulisce. Il rosso fiammeggia.

Si siede di nuovo, prende il tagliacarte e lo fa scorrere sotto la luce.

La lama si accende.

Accende il ricordo di mia moglie seduta a quella scrivania.

Provo disorientamento.

Vedo lei al posto della donna che vive con me.

Cerco di afferrarla, ma lei si ritrae, pronta come un gatto.

Sparisce.

E un gatto fugge attraverso la porta socchiusa.

Qualcuno quindi era entrato a mia insaputa.

Doveva essere in casa, immobile nel suo nascondiglio.

In questo momento sta trattenendo il fiato per non farsi scoprire.

È nascosto vicino.

Sono paralizzato dalla paura.

Devo muovermi invece.

Devo scappare… o affrontarlo.

Torno sui miei passi. Guardingo.

La carcassa del corvo è sul pavimento, scarnificata da piccoli morsi di gatto.

Devo fuggire da questa casa.

Guadagno i gradini in continua accelerazione.

La voce di mia moglie ribolle sott'acqua, affiora alla superficie formando bolle e piccoli mulinelli.

Vortica sotto, vortica dentro, si imbizzarrisce e si impenna come un cavallo.

Sono in strada e vedo solo la luna.

Mi illumina il viso, mi avvolge il cervello e lo trasporta su una strada diversa da quella che sto percorrendo.

Non mi accorgo della desolazione che mi circonda.

Il buio nasconde.

I raggi trascinano.

Promettono una verità diversa.

Può aiutarmi, me lo dice il cuore. Può aiutarmi ad illuminare quello che il buio nasconde.

E intanto penso che doveva essere lei, la donna che mi accompagna da giorni, che respirava nascosta e poi tratteneva il fiato e forse si muoveva piano e io la sentivo, l'orecchio teso, il fiato sospeso a mia volta.

O non la sentivo ma lo immaginavo tanto da creare il suo respiro e l'onda segreta del suo movimento. Una non esistenza esistente un fiato aleggiato nel mio cervello un passo ascoltato perché ci ho creduto...

E mentre inseguo la luna un uomo si ferma e mi dice

"Signore lei ha da mangiare. Ho fame."

Lo guardo ed è basso, l'ho visto.

Già visto ma dove.

L'ho visto in città mi sembra, lontano da casa, o l'ho visto a Odessa...

O io l'ho creato e ora mi guarda con gli occhi arrossati, la barba bianca e sporca del povero diavolo...

L'accento indefinibile.

Tiro dritto.

Mi segue.

"Ma lei non ha cuore..."

Non lo ascolto convinto che lui non sia vero.

"Non ha paura?" mi rincorre.

"Non le viene in mente che potrebbe essere aggredito anche lei come me come tanti."

I demoni!

Adesso capisco.

I demoni.

Sono in giro dappertutto.

Aggrediscono nel mucchio e quindi io non sono pazzo, non l'unico.

Esistono.

Mi fermo e mi guardo intorno e il vecchio mi guarda. Studia il mio sguardo.

Vuole capire che cosa nascondo dietro gli occhi o gli è sorto il dubbio che anch'io sia un demone.

"Dove sono? Ne ha visti?"

"Ce ne sono dappertutto" risponde.

"Che aspetto hanno ora?"

"Vestiti di grigio, come sempre. Armati e sparano su chi non è come loro."

Lo allontano in malo modo.

Non ci siamo non capisco, sta parlando d'altro probabilmente.

Oppure è un ladro, un assassino e la polizia lo cerca.

Esatto!

Gli uomini in grigio non possono essere altro che poliziotti in borghese...

Ma io li ho visti.

Ero con lei, con la donna che piange.

Qui in città.

La città era deserta.

Mi fermo e la guardo.

Come ora. Deserta.

Avevano sparato e ucciso qualcuno lasciandolo a terra.

Abbasso gli occhi.

Come ora.

L'uomo basso, l'uomo vecchio con cui ho appena parlato, è per terra, la testa appoggiata ad un braccio disteso, coricato su un fianco e dall'altro esce sangue e il cappotto di vecchio panno pesante, troppo lungo, troppo largo, se lo beve come carta assorbente.

Diventa scuro, ancora più scuro.

Io non ho sentito spari e quello è il foro di un proiettile, anzi sono più fori.

Il fianco è crivellato dai proiettili.

Ma quando è successo?

E la luna ci guarda.

Anch'io la guardo e le chiedo la sua verità.

Scavalco il corpo del vecchio e vado oltre.

Gli uomini in grigio avevano obbligato un giovane a salire su un'auto. Lui non era vestito come loro.

Aveva ragione il vecchio.

"Certo che ha ragione."

La donna dai lunghi capelli è vicino, la voce dimessa, gli occhi sempre tristi.

Lei era con me quel giorno e il ragazzo…

Mio figlio!

Voglio, esigo, la verità che la luna mi può rivelare.

E la chiedo a lei che mi sta tenendo per mano.

Le chiedo "Chi sei?" non l'avevo ancora fatto.

"Se vuoi te lo dico, ma non aiuta saperlo così. Arriverai da solo a saperlo e allora - solo allora - sarà vero e utile."

E cammino senza parole le dita della mano destra intrecciate alle dita sottili della sua sinistra.

E la città non ha voci anche quando l'alba vorrebbe svegliarla.

E c'è pace, una pace nuova, inconsueta. Mentre la luna sbiadisce e la mia compagna assume i colori del giorno. Il contrasto le dà forma le disegna i lineamenti, rivela la sua stanchezza.

Non è bella. Il volto grigio come la nebbia, le gote scavate.

Come se la luna si fosse portata via gran parte di lei.

E quelle lacrime che scendono distanziate tra loro nel tempo tanto da non sembrare vere, contengono la rassegnazione della rinuncia.

Forse anche quella donna ha bisogno della mia mano.

La stringo donando e cercando consolazione in un gesto da nulla.

Due di quegli uomini di cui parlava il vecchio ci incrociano.

Sento il dovere di informarli della morte inspiegabile dell'uomo.

Sento un dovere civile che mi rende uguale a loro. Per questo mi sento sicuro di essere accettato.

L'istinto mi dice che sono al servizio dell'ordine sociale.

Appartengo a questa città, le sue strade che si incrociano, la nebbia. E gli altri.

Appartengo al palazzo dove abito in un quarto piano, ai vicini di casa, ai passanti, al giornale e allora sono responsabile improvvisamente della mia vita in mezzo a loro.

"Lei chi è?" domandano dando poco peso alla mia segnalazione. Nel frattempo mi squadrano, un'occhiata anche a lei.

Io rispondo "un giornalista" ritenendo ciò una sorta di lasciapassare.

Mi chiedono le generalità, solo le mie, le verificano con una telefonata.

Io ribadisco l'uccisione dell'uomo.

"La segnali al giornale."

Se ne vanno.

Il giornale?

Li pensavo agenti in borghese, forze dell'ordine al servizio di un'emergenza mai vista prima d'ora...

Sono esterrefatto, mi volto verso la donna per trovare un sostegno.

Sparita.

"L'hanno presa" penso sottovoce.

Mi domando allora a che sorta di esercito appartengano.

Avevo pensato che in un modo o nell'altro stessero ripulendo la città dalla delinquenza...

Ho paura che qualcuno mi legga il pensiero.

Non so per quale motivo, ma ho la sensazione precisa che molti confini si siano dissolti.

Anche il pensiero va sussurrato. Confuso e nascosto tra altre false piste, perché loro non mi identifichino.

Perché io stesso perda la strada che conduce al centro del mio pensiero.

Li avvicino e mi allontanano con decisione.

Ribadiscono che ero solo.

Cosa guardassero non so, ma c'era lei dove ricadeva il loro sguardo.

La pentola d'oro alla fine dell'arcobaleno.

Si innervosiscono.

Temo una reazione violenta.

Mi ritraggo.

La donna è esattamente dov'era.

Mi aspetta.

È uno di quei giorni in cui la luna non se ne va.

Rimane. Bianco latte. Trasparente. Un sacchetto di plastica in pieno cielo.

Un profilattico che galleggia nell'aria.

Luna di giorno.

La città frequentata da pochi coraggiosi.

Io non so cosa stia succedendo.

Io non so dov'ero, cosa facevo nel frattempo.

Eppure sono un giornalista... se non sono io a conoscenza dei fatti, chi altrimenti?

"Sei stato lontano per tanto" mi conferma la donna senza che chieda.

Ho negli occhi, palese, la domanda, tanto da indurla a rispondere senza che chieda.

"Dove sono gli altri?" questa volta esplicito.

"Molti se ne sono andati."

"In che modo, perché?"

"Ognuno a modo suo."

"Cioè?"

"Non pensare che io sappia più di te."

Siamo seduti sul limite di un marciapiede. Io, gomiti appoggiati alle ginocchia, braccia rilassate all'interno, le mani che penzolano, guardo avanti.

"Devo tornare!"

"Dove?"

"Al giornale."

"Io non vengo."

"E perché?"

"Non vengo."

Me ne vado irritato con quella donna dalla lacrima facile.

Continuo da solo.

Strada facendo recrimino contro me stesso.

"Perché cazzo l'ho lasciata entrare in casa mia!?"

Solitudine?

È un'eventualità, ma non basta.

Lei, in casa mia, si è intrufolata fra lacrime e pazienza, il volto rassegnato, scavato, gli occhi grandi persi altrove…

"Che mi ami…?" mi domando.

Capitolo secondo

Ho passato ore al giornale.

Gli spazi vuoti, inanimati, l'eco su per le scale hanno accompagnato il disorientamento che cresceva.

Conosco quell'edificio come le mie tasche e giravo invece come se mi trovassi in un labirinto.

Mancava personale, anzi mancavano esseri umani.

I computer erano spenti, ogni ufficio aveva la porta spalancata e si apriva sulla desolazione di locali deserti.

Ostinato mi sono seduto alla mia scrivania, ho impugnato la penna e piazzato un foglio ben perpendicolare al limite inferiore del ripiano.

Sentivo crescere una determinazione precisa che avevo dimenticato di poter generare.

Poi un'improvvisa stanchezza, la mano che stringeva la penna, caduta inerme come un soldato ferito in battaglia.

L'aggressività sparita in un attimo, appoggio il capo sul foglio e vorrei solo dormire.

Forse dormo, non so se e non so quanto, ma alzo la testa più stanco di prima e vedo lei in poltrona, all'angolo della stanza.

La mia sventurata compagna di vita.

Ci alziamo contemporaneamente.

Io me ne vorrei andare, la donna mi prende per mano e io, docile, la lascio fare.

Ma una spiegazione c'è ed è semplice.

Gliela comunico.

"Il giornale ha chiuso. È fallito: serve trovare un nuovo compratore. È tutto così chiaro."

Lei apre l'unica porta chiusa - una piccola sala per riunioni.

Al tavolo quattro uomini in grigio che si passano in silenzio fogli stampati.

Mi eclisso sperando non mi abbiano visto.

Alla prima edicola aperta, la maggior parte ha le serrande abbassate, chiedo il giornale.

L'edicolante me lo passa, pago.

E ho la sicurezza di avere sbagliato.

Non sempre la soluzione più semplice è la più vera.

Lo sfoglio.

Gli articoli riguardano piccole faccende di paese.

I semafori bloccati per l'intera giornata, un incendio domato senza vittime. I turni di apertura delle farmacie, qualche nota di costume. Un articolo di moda, spoglio e grigio come si usa ora.

Non può essere il mio giornale. Così non funziona.

Giro sui talloni e rientro alla sede deciso a chiarire la questione.

Costi quel che costi.

La donna sfila le sue dita dalle mie, si ferma e guarda la mia corsa.

Non batte ciglio.

Entro con rabbia nella sala riunioni e gli sguardi dei quattro mi circondano di luce abbagliante.

Tutto è nella penombra, solo io spicco sotto i riflettori.

Si sprigiona in me la forza del protagonista.

"Che storia è questa?!" ringhio.

Si guardano perplessi, come avessi pronunciato l'inaudito.

Uno di loro, il più anziano, si alza, poggia i pugni sul tavolo.

Si piega leggermente in avanti. Non appare aggressivo, non quanto me almeno.

Più che altro è incuriosito.

Tira il fiato.

"Lei ci piace" fa passare qualche secondo per proseguire.

"Lei ci piace" ribadisce "lei appare come uno di noi."

Io abbasso gli occhi sui pantaloni marroni, li faccio scorrere sul cappotto grigio, intravedo il maglione anch'esso grigio. Mi vesto a caso ultimamente, ma mi è andata bene sembra.

123

"Ci dica cosa vuole però. Perché usa quel tono."

Mi trovo spaesato.

"Lavoro qui io."

"E perché non l'abbiamo mai vista?"

"Sono stato malato" rispondo timido come un ragazzino a scuola.

Non oso chiedere. Le mille domande rimangono sospese nell'aria di quella sala.

Neppure le penso, sono avvolto dal sospetto, l'indefinito mi circonda.

Ho l'impressione che qualsiasi risposta non chiarirebbe nulla.

E le domande vanno taciute per non scoprire le carte.

"Bene" riprende "Di che cosa si occupava?"

A conferma della mia ipotesi lui stesso taglia corto "poco importa, scriva un pezzo. Vogliamo valutare noi stessi cosa può fare."

"Su che cosa?"

"Scelga lei" mi guarda negli occhi e nasconde una sfida.

Annuisco.

Sono in strada ed è buio, la luna è tornata. La sua calma è indisponente.

Sto pensando senza trovare una strada.

Non so chi siano.

Amici, nemici?

Trappola o invito a ritrovare il coraggio di vivere?

Sto pensando cosa possano volere da me.

Ma neppure sono cosciente delle loro aspettative e neppure so se ne hanno.

Vanno a caso, senza costrutto, senza progetto.

Come tutto qua intorno.

O sono inscritti in un disegno preciso?

O ne sono gli artefici?

Come quando si pensa e si cincischia, infilando le mani nelle tasche gironzolo sotto la luna.

E nella tasca di destra un oggetto di metallo, freddo nonostante il calore del corpo, mi si infila tra le dita.

Estraggo una pistola.

So di averla già tenuta tra le mani.

So di avere premuto il grilletto più volte, una dopo l'altra.

Ripeto gli stessi gesti con noncuranza, quasi per verificare se è vero, se davvero l'ho fatto.

Ne ho la conferma e al gesto si accompagna la sequenza di un'auto che sbanda, la mia mano destra che punta le gomme.

Il frastuono, i colpi, lo sfascio.

Ora li sento reali. Ora l'immagine ha preso forma e consistenza. Si sviluppa nelle tre dimensioni, gli spazi, allungandosi, si avvicinano, si distorcono.

Come in un programma già definito la piazza le strade, palazzi e cattedrale.

Ogni cosa trova posto.

Mi nasce intorno, mi ingloba, mi ingoia.

Qui ora.

Ho fornito dati sconnessi.

Ho fatto solo questo.

E una realtà mi si è costruita addosso.

Non è giorno è buio.

Vedo il sangue colare tra le lamiere accartocciate.

Sposto volontariamente il pensiero, lo sguardo lo insegue.

Abbasso gli occhi e un uomo a pochi metri è riverso su un fianco.

Rigagnolo di sangue all'angolo della bocca.

È successo di nuovo.

Mi avvicino.

È vestito di grigio.

Geme.

Sparo alla testa.

Tre volte a ripetizione.

Il cranio si spacca.

Il gemito tace.

Sangue e cervello si liberano dalla prigione.

Intorno al corpo, sul grigio dell'asfalto.

Sotto la luce di un lampione.

Sotto la luce della luna.

Allora succede!

Succede che spari e uccidi.

Lì davanti - più semplice di salire su un autobus che sta per partire.

Di nuovo l'immagine si appiattisce.

Di nuovo faccio qualche passo indietro e prendo le distanze.

Di nuovo io sono all'esterno. L'immagine giace con l'uomo, coricata adagiata alla fine del percorso di un'occhiata.

Io la guardo e mi domando

"Sarà vero?"

Sarà prodotta dalla mia ossessione, o sarà costruita a tavolino da quei 4 uomini in grigio che mi vogliono mettere alla prova.

Me l'hanno inculcata nel cervello, indotta con metodi ipnotici subdoli di cui sono stato inconsapevole vittima e ora la vedo perché così hanno voluto?

L'emozione non esiste, come fossi uscito dal tabaccaio con il pacchetto di sigarette in mano.

Anche quel giorno è successo.

Era mattina o primo pomeriggio.

Il cielo era diurno, la gente per strada… non l'ho vista.

Vicino a me lei - la donna che piange.

Ho ucciso due uomini.

Li ho visti cadere, ma sembravano finti. Fantocci da tiro a segno.

Ho creduto che fossero abiti riempiti di crine.

Ho immaginato volti dipinti su panno.

Malamente disegnati occhi naso bocca.

Con un pennarello dalla punta squadrata.

Neppure un lavoro di fino…

Penso che anche dal foro dei proiettili sia uscito il loro sangue a innaffiare l'asfalto.

Perché è così che succede. Un rigagnolo da niente si porta via il respiro.

Quel giorno ero stato mosso da un impeto.

Volevo che il ragazzo fuggisse; lui invece, spaventato, si è buttato dentro l'auto.

Volevo fermarlo, volevo scappasse.

Non so perché ma volevo che il suo giubbotto nero di pelle sparisse all'orizzonte con lui dentro.

Non so neppure chi fosse.

Non credo…

Non credo a quello che mi ha detto la donna che piange. Non più.

Non era mio figlio.

Ho avuto la sensazione che solo lui fosse vivo, quel ragazzo prigioniero dei due pupazzi.

Forse l'ultima emozione se n'è andata quel giorno, forse anche allora sono stata vittima di un plagio.

La mia mente manovrata senza che sapessi, senza che potessi…

Ma adesso, mi rendo conto ho più di un problema.

Loro.

Sanno quanti sono? Si sono mai contati? Sono registrati da qualche parte, schedati come uomini in grigio? Oppure sono poveri diavoli qualunque, si sono nascosti nel grigio di abiti fuori moda, si sono mimetizzati per paura? E se è così, di chi, che cosa?

O temono se stessi? E nascondono se stessi a se stessi? E se è così, perché?

Che cosa temono di se stessi?

Per un verso o per l'altro vado verso casa, mi ci chiuderò fino a che non avrò trovato una soluzione.

Ma chi mi assicura che sia un posto sicuro? Anzi mi troverebbero subito nel caso mi cercassero…

Un'occhiata furtiva le strade sempre semideserte…

Si contano sulla punta delle dita… non mi guardano in faccia e io non guardo loro… nessuno mi riconosce e io a mia volta non li riconoscerei… e quindi probabilmente nessuno sa, nessuno ha visto, nessuno mi cerca…

Posso chiudermi in casa…

Sto salendo le scale, frugo e cerco le chiavi… mi accorgo di non avere più la pistola.

L'ho gettata via… sono pazzo, ci sono le mie impronte, mi scoveranno…

Ho la sensazione di essere inseguito.

Li sento salire.

Sono nell'atrio del palazzo.

Sento i passi sulle scale.

Sono rigidi, sono tanti.

Do un'occhiata rapida, giù per la tromba delle scale.

Sono loro - infiniti - monocolori - indefiniti - sono tanti, si moltiplicano continuamente.

Mi chiudo la porta di casa alle spalle.

Sono loro - i miei fantasmi.

Cerco lei, la donna che piange.

La vedo di schiena, rivolta a una finestra.

Le braccia conserte.

Ha qualcosa di nuovo. I capelli raccolti e tirati fino all'eccesso; sono lisci, il castano si è spento, parrebbe ingrigito.

La chiamo e si volta.

Mi mostra il volto scarno di mia suocera.

"Chiudi a chiave!"

Ha gli occhi fuori dalla testa, sembra spaventata.

Lo faccio.

Mia suocera tremava, aveva tolto gli occhiali, i brividi la scuotevano. Ho pensato stesse morendo.

Ma il vuoto delle pupille si è dilatato fino a raggiungermi, il mio panico e il suo si sono fusi e moltiplicati.

Senza via di scampo.

Tremando si rivolge alla finestra e con l'indice puntato verso la strada mi invita a guardare di sotto.

Io rimango dove sono e guardo la sagoma disegnata sul vetro.

Le sciolgo i capelli, aggiungo morbidezza ai suoi fianchi, modifico gli abiti.

E aspetto che di nuovo si giri verso di me.

Sono certo del risultato ma per verifica non mi resta che attendere.

Qualche minuto che percorro con la pace di avere trovato una strada.

E quando accade non provo il minimo turbamento nel ritrovare i grandi occhi e le lacrime della donna che vive con me, la sua tristezza, le dolenti note della sua anima.

Ma ora lei aggiunge un ingrediente alla sua intima sconfitta.

Gli occhi sbarrati sul vuoto.

Cosa vedono le metamorfosi di quell'essere unico, tenuto in un'anima sola dal disorientamento della paura?

Anche adesso trema e mi chiede di avvicinarmi.

PARTE TERZA

Capitolo primo

Un boato. Quando l'eco si dirada e diventa sommesso, mandrie di bisonti corrono sulla prateria travolgono calpestano uccidono.

Di nuovo un boato.

"È un terremoto."

L'associazione è istintiva.

E d'istinto porto le braccia a proteggere il capo per difendere quei quattro pensieri che rimangono a dimostrarmi che la mia vita ha un senso.

O è solo il terrore di sentire dolore.

Vedo sangue che scorre e lo penso come fosse mio.

Vedo l'uomo per terra e l'auto contorta da cui gocciola sangue come pioggia d'autunno.

Guardo fuori ma non mi avvicino al vetro della finestra.

Guardo e vedo il palazzo di fronte che si sbriciola e sotterra le sue dimensioni tra polvere da apocalisse.

In un amen la finestra è di polvere rossastra.

Uno strato di terra ci seppellisce nell'appartamento.

"È la pala del becchino" penso.

E aspetto che ceda il soffitto.

Forse non è l'ora che credo.

Il soffitto è sulla mia testa e la polvere invade la stanza.

La tosse mi fa soffocare.

Ma poi passa.

Uno scroscio violento vento forte e uragano.

"È il diluvio" riprovo a cercare di capire.

"L'apocalisse."

Cerco i quattro cavalieri, ma ho la certezza che arriveranno uno allo volta. Sadici loro e sadico Dio, prolungheranno la nostra agonia.

Mia e di quei pochi che esistono ancora.

Passa un tempo che non so - senza inizio nel ricordo.

Ma ha una fine.

E la finestra in qualche modo lavata, definita nel contorno inferiore dalla fanghiglia che gli eventi hanno prodotto, mi sconvolge come fossi un pazzo - senza idea dello spazio, senza tempo, senza credermi uomo.

"È il fango della creazione."

Ma non è l'inizio, questo è l'unico dubbio che non ho.

"E quindi è la fine."

Sono orgoglioso di me quasi avessi formulato il teorema del segreto della vita. Poco importa che nessuno lo tramandi, poco importa che si sappia in giro.

Mia suocera è in piedi, di nuovo alla finestra. La sua pelle scura di secoli, il volto scheletrico, i ridicoli occhiali poggiati sul naso di una mummia.

Quanti anni sono passati?

Da quando sono entrato in casa mia e mi sono chiuso la porta alle spalle?

Quanti anni?

E lei si è mai mossa da quella posizione?

Quali sono le condizioni ambientali che permettono la mummificazione del corpo?

Ma io mi tocco e sono vivo, con gli stessi vestiti polverosi.

Mi alzo dall'angolo in cui un animale spaventato si incastra.

Faccio fatica, barcollo.

Provo.

"Come stai?" non risponde non si muove non fiata.

Devo avvicinarmi. Lo faccio con la cautela che accompagna il pericolo.

Senza rumore, tento di non spostare neanche l'aria.

"Forse è passato" penso nel frattempo e mi tranquillizza.

Adesso devo capire.

Voglio vedere giù in strada, voglio sapere se c'è stato il terremoto, perché il palazzo di fronte ha smesso di esistere.

Ma quello che voglio ha poca importanza ed è ancora un bagliore ad accecarmi.

Mi porto d'istinto le mani a difendere gli occhi e sento la voce di mia suocera

"Sono loro."

"Loro chi?"

"Loro."

Sembra infastidita dalla mia insistenza.

"Cazzo! Mi dici - sono loro - ti domando - chi? - mi rispondo - loro - e pretendi che non m'incazzi!? Ti sembra una risposta!?"

È immobile.

Mi avvicino e la tocco con la punta dell'indice.

Sembra non accorgersene.

La tocco di nuovo.

Niente.

Le prendo le spalle e la scrollo.

Sembra fatta di carta.

Riempita di carta.

Lo scheletro di fili di ferro, le ossa fragili di un'osteoporosi avanzata, sottili e introvabili.

Reagisce stridendo, strascicando la voce inceppata

"Sono loro, le streghe."

E quei bagliori sarebbero fuochi di rogo?

Stanno bruciando le streghe in un imbuto che ci precipita nel Medio Evo?

"Ci stanno assediando, ci cercano" la voce disturbata come se subisse interferenze.

Sempre immobile, ma dotata di parola.

Penso che al posto dello stomaco abbia un nastro registrato. Quelli antichi che si strappano.

Penso che non abbia più neppure le corde vocali e che l'ultimo respiro lo dedichi ad azionare quel nastro.

E per contraddirmi si fa umana.

"Le streghe. Quelle che tua moglie ha frequentato."

Le rispondo tacendo ma la guardo chiedendo di dirmi qualcosa, di farmi capire, avvicinarmi a comprendere cosa succedeva mentre io non me ne accorgevo.

"Quelle donnacce - la madre e la figlia - straniere. Venute col vento gelido del nord, col tuono, col fuoco delle armi degli uomini della loro terra, coi riti blasfemi di chi irride Dio."

Non avevo mai sentito mia suocera parlare così.

Donna dimessa col pudore della parola.

Ora veemente. Sacerdotessa che incendia roghi medioevali.

Posseduta dalla forza dell'ordine, del giusto e l'ingiusto.

Demone del giudizio universale.

Sono attratto dalla finestra come da una rivelazione.

Sospinto da me stesso ad avvicinarmi e guardare la strada di sotto.

Io eseguo e mi guido con movimenti controllati in direzione dello schermo che si apre sull'esterno.

Vedo cielo. È l'antefatto.

Bisogna sapere com'è il cielo.

Rosso di tramonto o di inferni?

Fiammeggiante divampante, squarcia il nero della brace. Rompe il diluvio e illumina la terra.

Sono consapevole di quello che vedrò.

Voglio buttare legna ad alimentare i roghi, voglio mettere le cose a posto.

Voglio che il giornale riapra, il computer, i miei pezzi il mio buonsenso.

Sta succedendo l'inverosimile. Neppure so dove sono.

Neppure so dove succede.

Solo a me o a tutto il mondo?

Pochi movimenti e sentirò il freddo del vetro. Lo toccherò con le mani e guarderò in basso.

Mia suocera mi accompagna con gli occhi, tronfia della sua rivelazione.

E sarà la spiegazione.

Ma la sua piccola mano secca mi ferma.

"Un attimo" dice "una cosa la devi sapere. Loro…" esita "loro" ha le lacrime agli occhi, le manca il coraggio per dire

"Forza" l'aiuto.

"Loro sacrificano neonati a Satana."

Le credo. Come un bambino crede all'orco.

Dove tutto è impossibile, lì regna la possibilità estrema.

Non è vero, secondo ragione… Ma ora, ora la formula magica del ragionevole non funziona più.

La strada era quella di sempre.

Poco transito, pochi passanti. Gli ombrelli gocciolavano e cumuli di grandine ai lati della strada raggelavano l'aria ancor più dell'inverno.

La grandine a fine inverno… appare strano, ma i venti come i popoli, non hanno territorio e sbandano incredule dello spazio immenso in cui navigano.

Il palazzo di fronte era l'immagine solita di monotonia cittadina.

Un ragazzo accendeva la moto, rombava e poi partiva.

Mi volto verso l'interno della stanza, quattro mura intorno a me.

Ma io sto sragionando. Le pareti si accendono di movimento, si avvia lento un carillon e accelera progressivamente.

Di più, ancora di più.

È la stanza dei giochi impazzita e io al centro.

E le immagini perdono contorni, sfuma un contorno nell'altro, nascono fasce di colori impazzite.

Di più, ancora di più.

Si mescolano le une con le altre, si fondono in un cupo rosso, violento di incubi scomposti.

Poi, di colpo, tutto è fermo, vedo buio, gira la testa, e mi siedo.

Quando gli occhi che tenevo segregati fra le palpebre strizzate invocano una nuova libertà, con cautela li libero dal buio.

Vedo lei, la vecchia mummia.

Lei è la pazza!

Lei mi sta contagiando!

È avvolta di fiamme ora e se la ride felice e mi dice che io sono il pazzo e mi racconta che mia moglie era una vera puttana.

Voglio scappare.

Corro all'ingresso.

Muovo la maniglia.

La porta fatica ad aprirsi e mi rincorre la sua voce stridula, strascicata e interrotta come fosse una vecchia e logora registrazione

"Dove vai?...dove vai?"

Sembra che ora si stia rompendo scricchiola e invoca soccorso, neppure mi volto la porta si apre.

Finalmente.

Sento passi per le scale.

Finalmente.

Sembra tutto normale; la mia vicina esce e chiude la porta come sempre, mi sorride.

Finalmente.

Sta per imboccare l'ascensore, quando accompagnandosi col gesto dello smemorato - un colpetto sulla fronte col palmo della mano - mi si rivolge gentile, la testa appena inclinata da un lato come fa sovente una donna

"Che stupida, dimenticavo! Forse lei non ha sentito, forse si stava facendo una doccia o che ne so, ma degli uomini, comunque più di uno, hanno suonato al mio campanello. Non volevo aprire, ma insistevano. Da dietro la porta ho chiesto loro chi fossero e cosa volessero. Insistevano che aprissi, ma io avevo paura. Mi hanno detto che dovevano farmi solo una domanda e potevo rispondere anche con la porta chiusa. A quel punto mi sono detta: voglio vederli in faccia! e li ho invitati a scendere e parlarmi dal video-citofono. Mi sono sembrati tre o quattro, mi hanno chiesto di lei, se era in casa o dove, io non sapevo, non l'ho detto. Comunque torneranno."

La guardo corrucciato.

"Grazie."

Sa chi sono, non esiste altra possibilità.

La vicina entra in ascensore, poi riapre la porta schiacciando il tasto e mi dice

"A proposito, un problema condominiale, il videocitofono si è rotto subito dopo. Hanno già chiamato ma non sanno quando possono venire ad aggiustarlo. Gli altri condomini hanno deciso per praticità che la porta deve rimanere aperta."

Mi fa ciao con la mano, sembra una bambina con le trecce da tirare.

Mi fermo sul ricordo di una notte di fantasmi, quando lei e il suo compagno si sono intrufolati in casa mia non so come e lei invocava di smetterla e lui picchiava e picchiava e poi scorro il cervello come fosse pagine di libro e mi soffermo sulla pagina del terrore, quando la donna urlava insanguinata e io non ho visto più niente perché ho chiuso la porta e non ho avuto coraggio.

Distratto dalle sequenze di immagini che mi attraversano il cervello e mi catturano il pensiero nel tentativo di collegarle a quel volto di donna maliziosa, un po' bambina - che lo voglia per arte o lo sia veramente poco importa - per qualche minuto lascio da parte me stesso.

Mi riallaccio alla rete del mio ricordo con il dolore del disorientamento che preme alle tempie.

Quindi esistono quegli uomini, esistono ancora e mi cercano.

Cosa vogliono?

Magari riapre il giornale e mi vogliono ancora... magari... visto che tutto sembra normale fuori da casa mia... tranne il tempo... ma si sa, è pazzo per definizione oramai, lo si dice al salumiere, alla donna delle pulizie, è un intercalare consueto sulla bocca di tutti...

Magari invece...

Magari non è vero che tutto è ora così normale, magari è vera l'apocalisse... ma io lì dentro con quella strega non ritorno.

"Ehi lei!"

Sento gridare dalle scale.

"Cercavamo proprio lei!"

Sono in quattro, sono in grigio, ho paura, d'istinto mi barrico in casa.

L'istinto non sceglie, impone.

E io gli obbedisco.

E quando cerco con gli occhi lo scheletro gracile, poroso, il volto sofferente di rabbie irrisolte, gli occhi imploranti pietà non so a chi, e mentre cerco mia suocera e mi aspetto la sua aggressione verbale, mi accorgo che i luoghi sono un optional mentale.

La mia casa non c'è.

È pareti, spazi vuoti.

La chiamo e l'eco torna.

C'è un confine tutto intorno costituito dalle mura perimetrali dell'appartamento. Le costeggio e la disposizione sembra coincidere a quella del mio ricordo.

Mi sposto al centro di una stanza e allora mi accorgo che le pareti si allontanano e si avvicinano a seconda del grado di concentrazione della mia attenzione nel guardarle.

Si chiudono se cerco di capire cosa sta succedendo, se cerco il ricordo di un passato non so quanto recente.

Sono rigide e definite se mi vedo virtuale, mentre sfoglio un album di fotografie.

Si allontanano e sfumano ma non si dissolvono, quando mollo le redini dei miei pensieri e riposo la corsa concitata della mente.

Bussano alla porta, premono il campanello con insistenza.

Io mi siedo sul pavimento a gambe incrociate e guardo le pareti spoglie.

Non posso sopportare oltre. Non voglio paura tensione.

Qualche cosa accadrà se non ora in un tempo che ignoro e forse è stato, oppure è ora, lontano da qui altrove, o sarà chissà quando e perché.

Oppure è il mio tempo segreto che nessuno conosce, coi suoi riti e i suoi ritmi, le sue formule magiche e i minuti di un'ora sovrapposti a tutta una vita.

Eppure oltre il muro la voce del mio vicino impreca contro la moglie sento lo schianto di un vetro rotto contro la parete, contro la faccia buia del loro spazio privato.

Lo penso ubriaco.

"Ma qui si veleggia nel vuoto signori miei. In assenza di tutti voi - in assenza ci si libra dove il limite è OFF."

I miei fantasmi sono fuori dalla porta, non invadono il mio territorio.

Mi sento sicuro come nella vita non sono stato mai.

Ottima idea. So che qualcuno di loro sfonderà le difese, ne sono certo.

Prima o poi si insinuerà, danzerà, crescerà, ma non ci sono problemi... me lo gestirò come una marionetta e dopo di lui tutti gli altri, quando ad uno ad uno compariranno in scena.

Ed io sarò il regista di quei mostriciattoli.

Rimarranno piccini, rimarranno giocattoli e non mi inseguiranno più per la strada.

Io il loro bersaglio?

Mai più.

Non diventeranno grandi fino ad ingoiarmi.

Saranno loro condannati a non superare la condizione di piccole ombre impazzite.

Mentre progetto la mia soluzione, a gambe incrociate seduto sul pavimento e ascolto i rumori invadenti che provengono dalle scale, mentre ho l'impressione che i quattro uomini si stiano allontanando e si placa la furia del vicino, mi sorge il dubbio che loro, i miei fantasmi-fantocci, mi si possano presentare sotto mentite spoglie...

Potrebbero - che ne so - diventare e brulicare come insetti, arrampicarsi sui muri, ammonticchiarsi negli angoli e cozzare tra di loro, e divorarsi a vicenda.

O potrebbero presentarsi sotto forma di un uccello impazzito, prigioniero di queste quattro mura, disperato a tal punta da suicidarsi a furia di cozzare contro una parete.

E poi quel gatto e quelle poche penne rimaste, la testa e le ali… io, io non reggo al pensiero di un incubo così vivo e vivido, così atroce e presente come fosse una parte della vita…

"Dov'è il mio computer!"

Urlo e non mi curo che rimbombi più volte nelle orecchie.

C'è, ne sono sicuro.

Perché non l'ho ancora cercato?

Con lui troverò una via di uscita.

Mi connetto alla rete, cerco il mondo verifico che esiste ancora e quel misero gatto che mi fissa dall'angolo della stanza da letto svuotata di mobili e anime, è lì solo a cercare rifugio.

Sarà il primo essere vivente entrato per caso quando ho aperto la porta, sarà il gatto dei vicini.

Sarà figlio di strega…

Quando trovo la tastiera, quando accendo e vedo comparire sullo schermo righe di parole che scorrono, nel momento in cui le guardo come fossero segni, evocassero simboli, provo un senso di sicura soluzione imminente, l'euforia di una connessione più che probabile alla rete del mio pensiero.

Godo della gioia di ritrovare un ordine, di sistemare e allineare il flusso devastante che mi ha trascinato fino a qui. Lo intuisco come ordine nuovo, genuino, ripulito da scorie di ogni tipo.

Mi siedo anche. Fino ad allora in piedi, timido nel premere i tasti per l'accensione.

Quasi non ci credessi più.

Io so che lì dentro, nel segreto di un disco, ci sono le chiavi della mia esistenza. E la possibilità di ritradurla e la speranza di capirci qualcosa.

"E poi… poi c'è anche il caso che riesca a collegarmi al giornale…" sono fermo a guardare lo schermo. Si è spento.

Riaccendo. Per qualche secondo il computer si riavvia, poi si spegne e si rispegne. Io insisto con un ritmo che via via diventa ossessivo poi compulsivo poi convulsivo fino a che cado a terra in preda a una crisi similepilettica.

Mi contorco con gli spasimi di una biscia in agonia.

Ma non muoio e travolto dalle onde in burrasca del mio cervello perturbato mi dico

"Finalmente succede. Finalmente sto male. Finalmente la tempesta è scoppiata."

E quando come ogni tempesta anche il ritmo convulsivo si distende in un'onda più lunga dove la stanchezza dilaga insieme all'ultimo vento, si schiarisce e tra l'azzurro intravisto di un cielo tanto pesante quanto irreale, una mano mi percorre la testa mentre segna il limite del mio limite umano.

"Tutto qui" vuole dirmi "Tutto qui, in uno spazio così angusto da volere scoppiare…"

Perché la carezza è dolce e quando apro gli occhi o solo riprendo a vedere quello che la tempesta aveva cancellato, vedo il viso di una donna.

Non riesco a identificarla ma so che l'impossibilità è solo mia, ancora lontano dal collegare ricordare e ricomporre. Non posso sapere chi è perché ora non ne sono in grado.

"Anche tu posseduto…" mi sussurra "ma adesso va meglio vero?"

Penso di guardarla attonito, gli occhi più sbarrati che possiedo, meno di quanto lo sia la mia povera mente maltrattata.

Lei sa che non posso parlare. Non ancora.

E così continua.

"Entra ed esce da chi vuole. E un periodo così… dobbiamo accettarlo. Dice che anche lui è rimasto senza figli… come Dio. Dice che lui non si arrende, che si accontenta di averci per un tempo limitato… Intanto aspetta che vengano tempi migliori, che qualcuno reinventi il peccato… e che i suoi figli, pochi o tanti che siano, abbiano la sua certa indiscussa e assoluta paternità…"

È bionda, ha i capelli raccolti in una coda bassa sulla nuca, gli occhi piccoli e azzurri, zigomi forti e lineamenti minuti.

Un'altra donna è nella stanza. Ha i capelli di fuoco, ha un'età indefinita e una voglia di sesso tanto violenta da ingoiarmi e farmi morire in un orgasmo violento pari a un'altra tempesta, nell'arco di pochi minuti.

E nel sonno che arriva a possedermi, mi spengo il cervello incendiato.

Ed è come un'anima nuova che mi sveglio in un letto.

Le lenzuola composte, la coperta distesa, tre cuscini sotto il capo.

Un pigiama addosso.

Guardo intorno

"È la mia camera" ne sono felice.

Avevo temuto di essere in una stanza d'ospedale. Un pigiama… non ricordo di averne mai usati.

Non so se vale la pena rifletterci, neppure ricordo come si faccia a riflettere.

So però di avere un cervello pulito e lavato come nelle convalescenze dell'infanzia.

E come queste lenzuola profuma di biancheria stesa al sole.

Ed ecco che come allora si affaccia un volto al vano della porta.

È discreto, si allunga sul collo per non fare un passo all'interno, per non fare rumore e non muovere l'aria.

Non vuole disturbare.

Si rivela essere una persona gentile.

Ora dopo ora, giorno dopo giorno, mi accudisce con la solerzia di un'infermiera.

È anziana, ha un aspetto orribile come se una malattia del sistema nervoso se la fosse risucchiata tutta lasciando la pelle ad asciugarsi sulle ossa.

È piccola, minuta.

Ma non è un'infermiera e non è una pazza ed io vedo solo il cielo dalla finestra della camera.

Il cielo e l'ultimo piano del palazzo di fronte.

E vedo la luce che si alza ogni mattina e la vedo spegnersi ogni sera e non so quanti giorni e non so quante ore, ma tutto scorre.

E non mi pongo problemi.

Ogni tanto si ferma a scambiare due parole.

M'ha detto che ho avuto la febbre alta e deliravo, ma so che non è la verità.

Ma chi vuole sapere la verità?

Non io e nessun altro al mio posto.

Capitolo secondo

E poi arriva ed è un pomeriggio dai tratti essenziali. Esistono momenti nella vita che si stagliano netti e si fanno notare. Un motivo non c'è.

La stanza mi appare disegnata.

Tutto è ordine.

Il letto composto come sempre. Ogni oggetto nella sua posizione precisa.

Il mio piccolo mondo di convalescente sembra pronto a presentare le armi.

Provo disagio.

Il cielo è compatto di nuvole sporche.

Forse la stagione è cambiata.

Sento afa. Sento estate cittadina.

Sento l'aria ferma di un temporale in attesa.

Sento che presto l'ordine di quella stanza, la linearità dei tratti con cui la mia vista pulita circoscrive gli oggetti, verrà alterata.

Mi insospettiscono dei passi nella stanza vicina.

Rumorosi e ticchettanti, non li avevo mai sentiti.

È la paura che il mondo non sia tutto lì, in quella stanza, nella pace incosciente che mi spinge a censurare i ricordi.

Sono le nuvole che entrano come gas tossici dalle fessure della finestra, si infiltrano e si diffondono fino a saturare ogni angolo.

Sul bordo del letto, ai miei piedi, è seduta una donna.

Ha il volto pallido e lunghi capelli castani. Sfiorano il punto vita.

La bocca gli occhi e ogni tratto parlano insieme a due misere lacrime che le solcano il volto

"Qui stai bene vero?"

Io annuisco.

"Là fuori è un macello" afferma.

E poi tace.

A tastoni la cerco.

Come fossi cieco e so che non posso trovarla.

L'ho vista un attimo prima alzarsi, girarmi le spalle e andarsene, ma forse è la memoria inventata di un fatto perché possa continuare a credere nella semplicità del mio mondo protetto da quattro pareti.

Eppure ho l'istinto di alzarmi. C'è silenzio. Non mi convince.

Infilo un paio di pantofole. Le trovo ai piedi del letto. Qualcuno pensa a me, so che è la vecchia dal cuore gentile. So che è lei. Deve essere di là.

La porta è chiusa. Deve averla chiusa quell'angelo triste e malconcio quando se n'è uscita dalla stanza da letto, lasciandomi la scia dell'ambiguo profumo di dubbio. Era fatta di lacrime e carne o era un triste ricordo uscito dal passato, dal mio passato.

Un ricordo senza terra d'origine che proprio per questo essere soltanto un esule in cerca di patria, non riesce a morire. E quindi è reale concreto, esistente vorace...

Mi volto un istante mentre apro la porta ed è dietro di me, la bocca sbarrata, i denti affilati, le gengive scoperte da un ghigno animalesco.

Mi chiudo la porta alle spalle, sudo, mi sento debole della mia ignota malattia...

La vecchia gentile è davanti a me come l'avevo immaginata, affaccendata in cucina e pulisce e strofina, si volta e mi dice con la calma nella voce stridula

"Ti sei alzato? Non dovevi, non ancora...."

Viene verso di me.

"Non importa, ora siedi."

Mi accompagna a una poltrona come il convalescente di una grave malattia.

"La tua medicina..."

Nel bicchiere che mi porge l'aroma di arancia galleggia oleoso sull'acqua.

Riconosco il sapore di un sedativo.

Appoggio la testa allo schienale, chiudo gli occhi per cancellare la folgore d'incubo che mi aveva incenerito poco prima… la vecchia mi parla, mi dice che sto meglio, ma che non devo accelerare i tempi, la malattia è stata brutta, la convalescenza sarà lunga, che devo nutrirmi, dormire, dormire…

Una vaga sonnolenza mi dona la breve estasi di pochi minuti dove luce e colori non fanno a pugni, dove il suono è una dolce cantilena…

Mi sveglia di soprassalto un colloquio fra la vecchia e un'altra voce femminile.

Un rapido scambio di battute.

"Tu non devi vederlo!" stridula ma sommessa la voce della vecchia.

Decisa e composta l'altra.

"Devo. Abbiamo troppo in sospeso."

"Vattene, non è il momento. Vattene sgualdrina. Vai con le tue streghe fatevi fottere dal diavolo. Lui è mio."

Mano a mano la voce stridula saliva fino a trasformarsi nell'eco di se stessa.

Mi volto di scatto.

"Cosa c'è? Qualcosa non va, non stai bene?"

"No no" esito "delle voci…"

"Quali voci?"

"Due donne…"

"Ma se siamo io e te… da tanto siamo soli…" avvicina la sua testa di mummia alla mia.

Mi accorgo ora che le tapparelle sono abbassate e la luce accesa.

Chiedo

"Ma è giorno, perché è tutto chiuso?"

"Non preoccuparti figlio mio" mi dice.

"Ma non sono tuo figlio…"

"Lo so è un modo di dire, da tanto mi prendo cura di te."

"Ma chi sei?"

"Sei così esaurito vero? Non stai bene con me lontano da ogni problema, lontano dal putiferio che c'è là fuori?"

Mi accarezza la testa, mi prepara un the saturo di zucchero.

"Gli zuccheri ti fanno bene" aggiunge.

"Vuoi del pane tostato con il miele?"

Non ho il tempo di chiarire a me stesso il dilemma.

"Vuoi invece della marmellata?"

Ma è tutto lì; su un vassoio due piatti. Marmellata di ciliegie e miele biondo d'acacia.

Mentre sbocconcello la vecchia si allontana.

Mi sistema le coperte nel letto, lascia scivolare le tapparelle lentamente per non fare rumore.

In un paio di secondi, forse meno, all'istante mi invento la convinzione che mi abbia lasciato volontariamente incustodito perché mi si aprisse la mente.

Tutto ciò supera le mie intenzioni. Non chiedo libertà, non sento bisogno di fuggire.

Non desidero sapere né scoprire né capire.

Un lungo sonno incosciente mi poteva stare bene, ciononostante la mia mano si allunga.

Verso un album dalla copertina spessa nera e consunta.

Il palmo della mano si strofina sul cartone ruvido. Prima con discrezione.

Sembra accarezzare ricordi lontani.

Via via la pressione si fa intensa e la velocità aumenta raggiungendo l'apice di un'ellisse.

Mi comporto come un Aladino farebbe con la sua lampada tra le mani.

Ma io non ho desideri.

Sto bene senza.

Eppure è il mio cervello che guida la mano in gesti vogliosi.

È lussuria che sale, la saliva aumenta.

Deglutisco più volte.

Desidero aprire quella porta di cartone.

Sulla pagina interna foto di particolari.

Piccole.

Uno strano gioco.

Parti di viso femminile.

Sezioni di corpo.

So che io sono destinato a risolvere il gioco.

La vecchia gentile non torna.

Chiudo l'album e lo tengo sulle ginocchia.

Provo a pensare e mi trovo indifferente.

Niente mi sollecita tanto meno mi stuzzica la curiosità.

Non sono spettatore né protagonista, non voglio un passato alle spalle e neppure un domani.

Aspetto senza ansia.

Mentre frugo dentro di me cercando la dolce prospettiva del convalescente e desisto sciupandomi di noia in pochi istanti, mi rendo conto che l'atto più ovvio al momento è accendere il televisore.

Sono solo nella stanza, lo schermo spento mi guarda vuoto di vita come lo sono io.

Mi alzo dalla poltrona e fatico ad allineare pochi passi. Sono le gambe che non ne hanno voglia, è il cervello che non vuole guidarle.

Eppure lo fa e la mia mano prende il telecomando e torno sui miei passi e mi siedo ancora sulla stessa poltrona.

Finalmente accendo senza neppure rendermi conto se la stanchezza che provo è reale.

L'immagine è sfocata, sembrerebbe bianco e nero.

Studio il telecomando, trovo i tasti del colore.

Metto a fuoco…

Non capisco…

Sono io su questa sedia, sono io con un album di foto.

Lo guardo.

È sul tavolo davanti a me.

Lo prendo di nuovo tra le mani, nel frattempo spio l'immagine alla tele.

Sono io…

Sto compiendo lo stesso atto…

Sono io…

Ma l'album ha la copertina color avorio.

"Il colore non è a posto" penso.

Tutto è ovvio?

Nessun problema?

Non mi chiedo perché sono lì alla tele?

Un circuito interno?

La vecchia dolce e gentile mi spia?

Forse.

Anzi, logico.

Spengo e mi affaccio allo studio.

Guidato sempre dall'inerzia della ragione mi siedo al computer.

Accendo.

Lo schermo è sovrapponibile a quello della tele.

Sono io, lo stesso album. Lo sto chiudendo. Mi sto alzando dalla poltrona.

Mi sto dirigendo alla porta dello studio…

È a questo punto che lascio il computer.

Nell'altra stanza c'è la vecchia di certo, mi deve spiegazioni…

Apro e trovo me stesso alla poltrona, l'album aperto sulle ginocchia.

Mi avvicino cercando di non fare rumore.

Sbircio dall'alto.

Dalla poltrona non mi accorgo di nulla.

Mi vedo la fronte corrugata, i gesti nervosi. Sfoglio con rabbia, mi fermo a pensare.

Le foto sull'album: vedo tante persone, cerco di definire l'espressione dei volti e fatico.

Vedo male ma sembrano sorridere.

Una donna in primo piano sulla massa indefinita di un gruppo, un uomo le tiene la mano.

È una festa.

Il mio corpo seduto in poltrona si ribella, non so se a me o al ricordo che quelle foto gli hanno indotto.

Ha uno scatto d'ira e si alza.

Io lo guardo sospettoso, faccio finta di niente e mi siedo al suo posto, curioso.

Lui esce violento con gli oggetti, sbattendo la porta.

Mi impossesso dell'album di foto, lo tocco, lo prendo e lo metto sulle ginocchia già aperto e non mi ci vuole più di un'occhiata per trovare le foto di un occhio, una bocca, lo scalpo di una chioma corvina.

Lo chiudo d'istinto e ritrovo la copertina nera, consunta.

Mi alzo anch'io, ma con la cautela di un uomo prigioniero d'ignoti.

Titubante apro la porta di un'altra stanza.

Non so chi troverò e se lo troverò. Qualcuno.

La stanza è spoglia, fresca di tinta dal profumo nauseante.

Sembra aspettare nuovi inquilini.

Giro ogni stanza affannato.

Spoglie, ognuna di queste vuota.

Ognuna di pinta di sgradevoli colori pastello.

Un paradossale invito alla pace, alle tinte di mezzo che non sai definire.

Hanno rinfrescato l'interno appartamento.

Non esiste neppure il letto da cui poco fa mi sono alzato.

Torno in sala per sfogliare l'album con attenzione.

Vuota.

Tinteggiata di un nauseante color crema.

Guardo intorno.

Il vuoto non l'avevo mai visto faccia a faccia.

"Ora capisco cosa significa."

Lascio andare queste parole a voce alta.

Non capisco perché ma ho chiaro un concetto elementare

"Come tutto è ordinato in uno spazio vuoto."

Scorro le pareti con la lentezza rapida di un obiettivo.

Non mi soffermo né corro più avanti.

Improvvisamente avverto la sicurezza di sapere anche il dopo.

Mi sento forte del non avere più niente da perdere.

E tutto senza sapere da dove venga, come sia maturata la calma... frutto proibito fino a un attimo prima.

Per questo, quando sento una chiave infilarsi nella serratura non senza averla cercata a fatica, e quando conto le mandate - uno due tre quattro - neppure mi sposto.

Sto lì a guardare in faccia qualsiasi essere avrebbe varcato la soglia della porta d'ingresso entro pochi secondi.

Un uomo e una donna.

Tengono un metro tra le mani, si accucciano a prendere misure e misure, ridacchiano, discutono, progettano la posizione dei futuri mobili...

Io li guardo e loro mi ignorano come prima io stesso mi sono ignorato.

Rimango a pensare dopo circa mezz'ora, quando i due se ne vanno e mi chiudono in casa con le solite quattro mandate. Guardo il vuoto e trovo ridicolo il loro assicurarsi se avessero chiuso bene la porta muovendo e rimuovendo la maniglia con forza.

"Stupidi" penso "rischiano di staccarla per proteggere il niente".

Sono loro, i padroni del niente che sta in quell'appartamento pulito.

Penso e ripenso.

"In realtà" ragiono "in realtà proteggono il loro futuro, quel paio di progetti che stavano facendo". "Stupidi" confermo.

Lei è nuda, in un angolo. Abbracciata a se stessa in un estremo disperato atto d'amore. Non è la donna che se n'è andata poco fa.

È magra, è alta.

Ha capelli arruffati, la cenere negli occhi piccoli e intensi.

Cammina con l'eleganza di un animale.

Mi si avvicina e si ferma davanti al mio naso con la sfida nel volto, il mento rivolto contro di me, lo sguardo guarito da una profonda ferita si consuma nel desiderio di ferire a sua volta.

Le guance scottano, ho la febbre.

Lei va con la stessa sicurezza di quando è venuta.

Mi lascia innaffiato di odio.

Si rintana in un angolo e piange.

Se ascolto sento la voce della donna che modula una nenia, tra i singhiozzi.

Gli occhi, i capelli… erano sull'album di foto.

Ricomponendo i frammenti trovo lei, ne sono certo.

Ma non c'è l'album, non c'è la poltrona, non posso verificare se la mia ipotesi è vera.

Lei è rimasta nell'angolo come un gatto impaurito, ogni tanto mi guarda.

Le sclere arrossate dal pianto.

Fa pena, come un gatto impaurito.

L'istinto mi fa avvicinare come a un gatto randagio da salvare.

Uno scatto e mi aggredisce, le unghie incidono l'avambraccio il sangue trasuda.

Poi un rigagnolo si spande tra i peli.

Poi cola.

Lei incide con rabbia.

Le mie braccia sono disegnate da graffi profondi.

Il mio sangue confluisce in un unico velo che si rapprende.

Qualche goccia ancora cade.

Il mio sangue!

A mia volta l'aggredisco.

Lei urla.

Mi dice

"Ti odio!"

All'odio si risponde con l'odio.

"Un motivo. Esigo un motivo!"

Lei si divincola scappa in uno sgabuzzino.

Torna con un album stretto al seno.

Me lo lancia addosso.

Lo scanso.

Ha la copertina avorio.

Lo apro.

Una donna coi suoi occhi e i suoi capelli.

È l'album di un matrimonio e io sono il marito.

Lo stesso appartamento si affaccia sulla città di un'altra estate.

Un'estate che non sa decidersi.

L'afa e la pioggia si alternano spudoratamente frastornando l'animo dei più.

Non so quale sia, è un'estate delle tante. Qualunque.

Come me.

Non riesco a uscire da questo appartamento.

È una prigione.

"Tiratemi fuori, non ne posso più!" urlo.

Ma nessuno mi sente.

Ho visto le pareti cambiare colore più delle stagioni.

Sono solo.

Non sono più comparsi fantasmi, non sono più entrati estranei.

La donna ferita è stampata nella memoria, ma non l'ho più vista.

La vecchia che mi ha curato e coccolato… anche lei non so chi mai è stata.

La donna che piange, gli uomini che mi perseguitano e mi cercano dovunque… anche di loro non so niente.

E il giornale?

Io ero un giornalista, almeno credo.

E le streghe e la pittrice…

Io sono solo.

Ho incrociato marziani… ognuno veniva dal suo mondo.

Ognuno nel suo mondo si è trovato prigioniero.

Ognuno si è arroccato a difendere l'ultima torre della sua fortezza.

Ma il gioco non regge.

Io ho visto il sangue mio confondersi col sangue di altri.

Scrivo, scrivo… penso.

"Ma questo non è un articolo! È robaccia! Al giornale me lo tirano dietro!"

Sono seduto al computer.

Io e lui, nient'altro in questa casa vuota.

Un divorzio massacrante alle spalle, penso che sia questa l'origine dei problemi. O è la fine?

Mia moglie impazzita? È questo il problema?

Un figlio mai esistito.

E perché ho tra le mani una pistola?

Ho sparato?

Premo il grilletto - è scarica.

Ho sparato.

Ero sul marciapiede sotto casa. Ho ucciso un barbone e il mio animo ha trovato un po' di pace.

Ho cercato di uccidere anche prima, ho sparato sul pianerottolo, ho ferito una vicina.

Il sangue schizzava e lei urlava, ma era viva. L'ho ferita di striscio.

Ho sparato alla vecchia, ho tentato, ma i proiettili si conficcavano nei mobili. Quella donna di paglia non aveva sangue.

Oggi è terminato il tempo della mia condanna.

Oggi cammino su un marciapiede.

Oggi non ho mura intorno e sono obbligato a vivere una vita come tutti.

Ogni volto che passa esige che io rispetti un tempo che non mi appartiene.

Ieri-oggi-domani.

È passato del tempo

"È guarito" ha detto lo psicologo in carcere.

E ne ero convinto anch'io.

Ricordo di un matrimonio distrutto di fantasmi e di killers.

Di lavoro perduto.

Avevo trovato il mio ufficio chiuso, nelle mani di pochi uomini decisi a catturarmi. Il palazzo di fronte al mio era esploso e la stanza era invasa da uccelli che sfioravano il mio capo con l'ala e beccavano il cranio.

Mi faceva male la testa. Sempre.

E il tempo è passato in una prigione.

Oggi l'aria è leggera sembra di respirare, ma la testa pesa, si piega in avanti.

C'è troppo spazio intorno - aria luce ossigeno. Non sento confini e ho paura.

Mi accorgo di volere indietro quattro mura che si stringono addosso e mi chiudono in un loculo. Sto bene lì dentro, non so stare altrove. Perché è questa la tana del mio dolore e invece l'asfalto corre veloce anche se sto solo camminando.

Gli occhi mi si chiudono e non voglio vedere.

Che la realtà è uguale per tutti. A me e mio figlio è andata male. È semplice. Chiamiamolo destino, se vogliamo.

IO NON VOGLIO.

Mia moglie non c'entra.

So per certo che ha dato alla luce un mostro, figlio di un altro compagno e ora sarà una vecchia una strega, un'arpia dai capelli rosso fuoco.

Faccio due passi indietro e leggo dentro di me

IERI-OGGI-DOMANI...

DOMANI-OGGI-IERI...

Il mio tempo scorre all'indietro, poi si ferma

Oggi per me è uguale a ieri DOMANI SARA' COME OGGI.

Ma chi l'ha detto che tutto passa?

Coercizione al ricordo.

Costrizione al dolore e il cuore si contrae fino a farmi male, un lampo mi esplode nel cervello.

E il cervello si frantuma sul cranio.

Nessuno sa.

È tornato il ricordo.

Il passato è per gli altri, i progetti girano sulle nostre teste con ali minacciose, ma non sono né miei né di mio figlio. Niente esiste.

Se non la mia vita rappresa sul suo sangue coagulato.

Ecco l'attimo. Fermo come l'eternità di un atto senza senso.

TRAUMA

"Hanno ucciso suo figlio" mi hanno detto "è successo allo scalo di Odessa. Un mendicante ubriaco. Sembra che gli chiedesse con insistenza l'elemosina e al rifiuto abbia estratto un coltello e colpito suo figlio tra le costole. Ha reciso un'arteria. È morto quasi subito."

Sono stato meglio, quel giorno, quando ho ucciso un barbone.

Voglio stare bene, ancora.

Voglio sparare all'ossessione che mi batte dentro.

Voglio dividere il mio attimo con chi incrocerò sulla mia strada.

P.S.

Un giorno ho incontrato me stesso.

È stato come fare a pugni con Dio, sbeffeggiare un monaco, violentare uno psicanalista.

È stato un pugno di attimi accavallati e sovrapposti.

Si nascondevano uno dietro l'altro, avevano paura di rivelarsi.

Facevano muro perché il ricordo non affiorasse.

Ma ora vedo la sua ombra sul muro, disegnata sopra il sole pallido di un'estate colpevole.

Un pugnale nello stomaco ancora.

La mia vendetta non avrà fine se non nel momento in cui troverò una ragione alle ragioni di Dio.

O quando sarò io a trovare una fine.